悪役令嬢は隣国の王太子に溺愛される14

ぷにちゃん

ビーズログ文庫

イラスト／成瀬あけの

Table of Contents

続編メイン攻略対象
アクアスティード・
マリンフォレスト
留学中、ティアラを見初めた
隣国マリンフォレストの国王。
悪役令嬢
ティアラローズ・
ラピス・マリンフォレスト
アクアスティードに溺愛されている、
元・ラピスラズリ王国の
ラピス侯爵家令嬢。
悪役令嬢は
隣国の王太子に
溺愛される
14
Characters

続編キャラ
ルチアローズ・マリンフォレスト
アクアスティードとティアラローズの長子。双子の弟がいる。

続編攻略対象
キース
マリンフォレスト王国にいる妖精王の一人。森の妖精王。

続編キャラ
レヴィ
オリヴィアに仕える有能な執事。

続編キャラ
オリヴィア・アリアーデル
公爵家の令嬢。アクアスティードの婚約者だった。

プロローグ

森の書庫の司書

『んへへ～、この本も面白かったあぁ！　次は何を読もうかなぁ』

葉で作られた本に囲まれた森の妖精が、何冊も本をかかえている。その本は妖精が持つには大きくて、自分の背丈と同じくらいのサイズだ。さらに、一枚一枚の葉は軽いけれど、何枚も重ねられて本になっているのでそこそこの重さがある。

しかし妖精はそんなことをまったく気にしない。むしろ早く読みたくてうずうずしているくらいで、あれもこれもと、いろいろな本に手を伸ばす。

『この本は十年ほど前に読んだ気もしますけど、もう一度読んでもいいですよね……。あ、でもこっちの本は一度も読んでいないやつでした！』

まずはこっちから読まなければと、『よいしょ』と葉の本を手にする。

『んへへ～、本を読むのはとっても楽しくて幸せですねぇ』

ここはキースの城にある森の書庫。

マリンフォレストに関わる様々な記録が葉の本として納められている場所だ。それ以外にも、最近はお菓子のレシピや花の図鑑などが足されている。

これに関しては、主にティアラローズがマリンフォレストに来てから劇的な変化があったものだ。

森の書庫は葉が育つと新しい本が増えるし、元々の蔵書数も多い。すべてを読み尽くそうとすれば、膨大な時間がかかる。

なんせこの森の書庫は、千年以上前から存在しているのだから。

『あ、こっちの本もまだ読んでないやつじゃないですか！』

妖精が横に積んである本の山の下の方で発見してしまった、読んでいない本。気になるけれど別の本を読んでいたから、後回しにしたものだ。

すぐに読みたいけれど、ほかの本が積み上がっているので簡単に取ることはできない。

『意識していなかったけど、随分と高く積んじゃいましたね……』

重ねられた葉の本の高さは、妖精の二倍以上はあるだろうか。右にも、左にも、前にも……自分の周囲三百六十度が葉の本で囲まれている。

『これは……下手に動くと、本に埋もれてしまいそうです』

もし本が倒れて、汚れたり破損してしまっては大変だ。修復作業はできるけれど、大切に使うに越したことはない。

積まれている上の本から一冊ずつ下ろそうと、妖精はえいっと飛ぶ。パタパタ動く背中の羽が本にぶつかってしまいそうで、ヒヤヒヤする。

『一冊ずつ、丁寧に……っと』

下の本を読むために、せっせと上の本をどけていく——のだが、自分の周囲が本だらけで、新しく置く場所がない。

『仕方ないから、こっちの本の上に積んでおきますか』

お目当ての本を読み終わったら少し片づけよう。

『んへへへ、すぐに読んであげますからね～あっ⁉』

本の片づけを後回しにした天罰が下ってしまったのだろうか。妖精の羽が本の山にぶつかって、ドサドサドサーっと自分の上に本が雪崩のごとく落ちてきた。

『ひええええっ、誰か助けて～！』

本が雪崩た音はことのほか大きく、キースの城に響いたのだった——。

第一章　王様のお仕事

　春が終わり、夏がやってきた。そんな過ごしやすい初夏。マリンフォレスト王国はつい最近、新たにお菓子の妖精が増え、より活気のある国になっていた。

　どこまでも澄み渡る空の青に、水平線の見える海の深い青。森は太陽の光でぐんぐん育つ木々の緑が人々を癒し、王都の中央にあるお菓子の家は――国民たちをわくわくさせている。


「……それにしても、完成したと思ったらまた食べてしまったのね」

　王城の自室から街を見て呟いたのは、この国の王妃ティアラローズだ。その視線の先には、屋根の部分が食べられてしまったお菓子の家が……。

　このお菓子の家は、お菓子の妖精王の城――つまりお菓子の妖精王となったティアラローズの拠点だ。

　お菓子の妖精たちがせっせと作っているのだが、できあがってもすぐに『美味しそう!』と食べてしまうので、なかなか……いや、永遠にできあがりそうにない。

屋根の種類も豊富で、チョコレートやクッキーでできている。今しがた食べられた屋根は、ワッフルで作られていた。

バリエーション豊かなので、お菓子好きとしては見ているだけでもとっても楽しいのだが、さすがに少し心配にもなってしまう。

「雨が降ったら大惨事になるわね、大丈夫かしら……」

お菓子の家を楽しそうに見ているのは、ティアラローズ・ラピス・マリンフォレスト。

ふわりとしたハニーピンクの髪と、ぱっちりした水色の瞳。

水色を基調としたドレスは、白のレースと腰の部分には花があしらわれている。どんなドレスも着こなしてしまう容姿に、ティアラローズに憧れている令嬢も多い。

左手の薬指には、結婚指輪と星空の王の指輪がはめられている。

星空の王の指輪は、星空の王であるアクアスティードの力を受け取るためのものだ。アクアスティードだけでは扱いきれない星空の力を、ティアラローズが一部受け取っている。

ただ……その魔力を上手く制御できず化け物になってしまうという事件もあった。しかしお菓子の妖精に魔力を与えることで力を上手く使えるようになり、今では平和な日々を過ごしている。

そして一握りの人しか知らないが――ティアラローズはこの乙女ゲーム『ラピスラズリの指輪』の悪役令嬢に転生した人物だ。

といっても、今は三人の子どもにも恵まれアクアスティードと幸せに暮らしている。


遠目から食べられた屋根ができあがる様子を見ていると、「オリヴィアです」という声とともに部屋にノックの音が響いた。

「どうぞ」

「失礼します」

ティアラローズが入室を許可すると、すぐにティーセットとスイーツの載ったワゴンを押すオリヴィアが入ってきた。その後ろにはアクアスティードと手を繋いだルチアローズ。さらにその後ろには、シュティルカとシュティリオと手を繋いだレヴィが続いている。

大行列を目にして、ティアラローズは思わず笑ってしまう。

「みんなで来たのね」

「アクアスティード陛下もお仕事が一段落したようなので、一緒にティータイムをと思いまして」

ティアラローズの問いにオリヴィアが笑顔で頷き、アクアスティードが経緯を話してくれた。

「ルチアの稽古が終わってね。それと、ちょうどルカとリオが昼寝から起きたところだったから連れてきたんだ」

「そうだったんですね」

アクアスティードは頷いて、「ティアラと一緒にお茶をしたかったからね」と微笑んだ。そのまま前髪をすくうように撫でられて、思わず頬が赤くなる。

家族とのティータイムを楽しみにしている、アクアスティード・マリンフォレスト。ダークブルーの髪と、王を示す金色の瞳。穏やかな眼差しで家族を見つめる様子は、優しい夫でありよき父親だ。

日々の仕事を早く終わらせ、ティアラローズや子どもたちと可能な限り一緒にいる時間を作っている。

「お母さま！」

ルチアローズがだっと走ってきて、ティアラローズのドレスに飛びついてきた。それを受け止めて、頭を撫でる。

「ルチア、お稽古はどうだった？」

「とっても楽しかった！」

ルチアローズの騎士になりたい気持ちが本物ならばと、ティアラローズとアクアスティードは話し合って、簡単ではあるが稽古の時間を設けるようにしたのだ。

使うのは軽い木剣で、素振りなどのほかに運動もしている。


騎士になる！　が口癖になっている王女、ルチアローズ・マリンフォレスト。

濃いめのピンクの髪に、金色がかったハニーピンクの瞳。髪は両サイドでお団子にしてリボンで飾ってあり、とても可愛らしい。

かなりお転婆で、木登りをしてタルモをハラハラさせたりしている。

ルチアローズの次は、シュティルカとシュティリオも「ママ」とティアラローズの下にやって来た。

ティアラローズはしゃがんで二人の頭を撫で、「おやつにしましょうね」と微笑む。

「やったぁ～！」

「おやつ！」

二人は手を振ったりジャンプしたりして、嬉しさを体で表現してくれる。

――ああもう、二人とも可愛いっ！

ティアラローズも一緒に手を動かしながら、「何を食べようかしら」とにこにこだ。

双子の兄、シュティルカ・マリンフォレスト。

アッシュピンクの髪と、右目が金色、左目が水色のオッドアイを持つ。王である証の金色の瞳を持っている彼は、月の魔力を持つ。

魔力の量もとても多く、左腕に制御するための腕輪をつけている。


双子の弟、シュティリオ・マリンフォレスト。

アッシュブルーの髪と、右目が水色、左目が金色のオッドアイを持つ。シュティリオは太陽の魔力を持っており、双子同士仲が良い。

シュティルカと同じように、右腕に魔力制御の腕輪をつけている。


ティアラローズが子どもたちを撫でていると、感極まった声が部屋に響く。

「はあぁぁ～、幸せを手にした悪役令嬢とその家族……まさに一幅の絵画！　この光景がすでに国宝級ですわっ‼」

「オリヴィア、ハンカチを」

「ありがとう、レヴィ」

ティアラローズたちの様子を見ていたオリヴィアは、ティーセットを準備する手を止めて膝をついた。過呼吸寸前だ。

レヴィがオリヴィアの鼻にあてたハンカチが、血に染まった。

乙女ゲーム『ラピスラズリの指輪』が大好きすぎる、オリヴィア・アリアーデル。

ローズレッドの髪に、らんらんと輝くハニーグリーンの瞳。深い赤を基調としたドレスに伊達眼鏡をかけている。

この世界のすべてが推しで、幸せな日々を謳歌している真っ最中だ。興奮が最高潮に達しなくとも鼻血が出る体質を持つ。

今は産休中のフィリーネに代わり、ティアラローズの侍女をしている。

オリヴィアの鼻血予測百%の執事、レヴィ。

黒髪と、オリヴィアの髪色と同じローズレッドの瞳。執事服を優雅に着こなし、その懐には何枚ものハンカチを忍ばせている。

ハンカチの刺繍はレヴィお手製だ。

鼻血を出したオリヴィアとその処理をしているレヴィを見て、ティアラローズは苦笑する。……まあ、もう慣れたのだけれど。

ささっと鼻血の処理を終えると、レヴィがワゴンからお皿を取る。

「本日は鈴カステラをご用意しました。小さく作ったので、シュティルカ殿下とシュティリオ殿下も召し上がれますよ」

「味見をしましたけど、とっても美味しいんですよ」

レヴィが鈴カステラの載ったお皿を並べ、オリヴィアが紅茶を淹れながら顔をほころばせる。どうやら今日のおやつはレヴィが作ったようだ。

「わあ、まるくって美味しそう！ ルカ、リオ、食べよ！」

「んっ！」

ルチアローズがシュティルカとシュティリオの手を取って、子どもたちは三人並んでソファに座る。どうやらお姉さんのルチアローズが弟のお世話をしてくれるらしい。

その向かいには、ティアラローズとアクアスティードが並んで座った。

オリヴィアは一人掛けのソファに座り、レヴィが給仕などを担当してくれている。侍女だけれど、こうしてお茶を一緒にすることが多い。

ルチアローズが、さっそく鈴カステラをぱくりと食べる。その美味しさに、「ん～」と声をもらして両手を頬にあてている。

「ルカ、リオ、あ～ん」

「「あ～！」」

シュティルカとシュティリオには、ルチアローズが食べさせてあげている。もぐもぐ口を動かして、ルチアローズと同じように「ん～」ととろけるような表情だ。

子ども三人が並んで美味しそうに食べる姿は、見ていてとっても和む。

「ルチアはお姉さんね。ルカ、リオ、上手に食べられたわね」

ティアラローズが微笑むと、三人は嬉しそうに頷いた。

「まかせて！」

「「おいし！」」

にぱっと微笑むシュティルカとシュティリオは、鈴カステラが気に入ったようだ。作ったレヴィのことを、キラキラした目で見ている。

「れび、すごい」

「しゅごい」

――お菓子の力はやっぱり偉大ね……！

さすがはスイーツ大好きなティアラローズの子どもたち。みんなお菓子が大好きなようだ。きっと大人になってもお菓子好きなのは間違いないだろう。

ティアラローズがそう考えてうんうんと頷いていると、目の前に鈴カステラを持った手が伸びてきた。

「ティアラも、あーん？」

「アクア⁉」

突然のあーんに、ティアラローズは顔を赤くする。オリヴィアは自主的にハンカチを取り出して鼻を押さえた。

「さ、さすがに恥ずかしいです……」

どうにか回避しようと顔を逸らすと、こちらをじっと見ている子どもたちと目が合ってしまった。

「お母さまとお父さまも仲良し！」

ルチアローズはぱっと笑顔を見せて、「わたしたちも仲良し！」と、シュティルカとシュティリオにも一つずつ鈴カステラを食べさせてあげている。しかしその合間に、ちらちらとルチアローズの視線が飛んでくる。

――これは、どうしたら……。

鈴カステラに夢中になっているシュティルカとシュティリオ以外の視線が、ティアラローズとアクアスティードに向けられているのだ。

「せっかくの家族のティータイムなんだから、これくらいは……って思ったんだけど……駄目？」

アクアスティードがしょんぼり俯いてしまったので、ティアラローズは反射的に「駄目じゃありません！」と言ってしまった。オリヴィアのハンカチが赤く染まった。

「……もう」

「たまにはいいだろう？」

観念して口を開けたティアラローズに、アクアスティードがくすりと笑う。そのまま鈴カステラを食べさせてもらうと、アクアスティードもひとつ食べた。

「ん、美味しいね」

「はい」

鈴カステラはほどよい甘さと柔らかさだ。これなら何個でも食べられそうだと、ティアラローズは思う。

――レヴィは本当になんでもできるわね。

ティアラローズとアクアスティードが褒めながら視線を向けると、控えていたレヴィは「光栄です」と微笑んだ。

ゆったりお茶を飲んで過ごしていると、オリヴィアが手帳を取り出してティアラローズに声をかけてきた。

「ティアラローズ様のスケジュールですが、三日後からでしたら時間が作れますわ。エリオットにも確認しましたので、アクアスティード陛下の予定も問題ありません」

「本当？　ありがとう、オリヴィア」

「キースのところへ行くんだったね」

「はい」

アクアスティードも承知しているので、オリヴィアの言葉に頷いた。

ティアラローズがお菓子の妖精王になったことで、何か特別な役目などがあるのかどうか、妖精王であるキースに教えてもらいに行こうと思っているのだ。

普段はティアラローズの瞳は水色だけれど、猫――妖精王の姿になったとき、その瞳は金色になる。

「キースに聞くというのが癪だけれど……」

若干不機嫌そうに言うアクアスティードを、ティアラローズは「まあまあ」と宥める。

アクアスティード的には、クレイルかパールに聞きに行けばいいのでは？　と思っているのだろう。

「わたくしを祝福してくれているのは、キースとパール様ですから。それに、キースのお城には書庫があるでしょう？　何かあったら調べ物もできるので、ちょうどいいと思ったんです」

「……そうだね。私の我が儘で、ティアラに迷惑をかけたくはないからね」

仕方がないと、アクアスティードがティアラローズの髪に指を絡ませる。

それを見たルチアローズが、「わたくしも！」とソファから降りてティアラローズの下へやってきた。

「お母さまの髪、ふわふわ！」

どうやらルチアローズはティアラローズの髪が大好きなようだ。ルチアローズの髪はアクアスティードに似てストレートなので、ふわふわしている髪にちょっとだけ憧れがあるらしい。

ルチアローズはティアラローズの髪を一房手にして、せっせと三つ編みにしようとしている。しかし不器用だからか、それとも五歳児だからか、上手くできていない。

「ん～、できない」

しょんぼりするルチアローズに、ティアラローズは「練習したらできるようになるわ」と手本を見せる。

ゆっくりと三つ編みにしていく様子を、ルチアローズだけではなくアクアスティードも興味深そうに見てくるので……なんともやりづらい。

「アクア、見すぎです。わたくしだって、そんなに上手くないんですから」

「そう？　十分上手いけどね」

気付けばルチアローズだけではなく、シュティルカとシュティリオもやってきてティアラローズの髪に触っている。

双子は小さいので髪を結ぶことすらまだできないけれど、一緒に遊んでいるだけで楽しいようだ。笑顔で「ふわふわ～」とルチアローズのまねっこをしている。

　すると、シュティルカがルチアローズの髪をくいくいっと引っ張った。どうやら三つ編みにしたいらしく、ねじねじしている。

「わ、ルカ！　ぐちゃぐちゃになっちゃう」

　ルチアローズが駄目だと言うと、シュティルカはしょんぼり顔になる。それを見て、ルチアローズは「そうだ！」と手を叩いた。

「ルカの髪もリボンで結んであげる！」

　自分の髪につけていたリボンを取って、ルチアローズはシュティルカの髪をサイドでちょこんと一つに結んだ。

　綺麗にはできないけれど、これくらいならできるのだ。

「んふー！」

　やり切ったらしいルチアローズは、満足そうに頷く。ティアラローズも拍手して、「とっても上手ね」と褒める。

　気付けば髪を結べるようになっているなんて、本当に成長はあっという間だ。

　今度は、シュティリオが「あーも！」とルチアローズに自分も結んでほしいとアピールしている。

「もう、しょうがないわねぇ」

ルチアローズはそう返しつつも、嬉しそうにもう一つのお団子のリボンを取って、シュティリオの髪に触れた。

「できた？　できた？」

「リオ、上手にできないから動かないで！」

そわそわ頭を揺らしてしまうシュティリオを叱りながら、ルチアローズは一生懸命結ぶ。すぐに結べるほど上手くはないのだ。

小さな手でシュティリオのアッシュブルーの髪を集め、集中力を高めて一つに結びあげた。

「できたぁっ！」

「わーい！」

「リオ、かわいー」

ルチアローズが手を上げて喜ぶと、シュティルカとシュティリオもばんざーいと一緒に喜んでいる。

そんな一家団欒の様子を、ハンカチで鼻を押さえたオリヴィアが堪能していた――。

先達に学べ、ということで、ティアラローズとアクアスティードは王城の裏手の山の中にあるキースの城へやってきた。

キースの城はとてもたくさんの草花に囲まれている。まさにこの緑の中心と言ってもいいだろう。

森の妖精たちがジョウロで水をあげ、せっせとお世話をする姿も可愛らしい。

ティアラローズが来たことに気づいた森の妖精たちが、『歓迎しなきゃ！』と言って森の紅茶とお菓子を用意してくれた。

「妖精の王の仕事が知りたい？」

「わたくし、妖精王について何もわからなくて……」

ティアラローズがお菓子の妖精王として、自分にすべきことがあるのかすら、わからない。……ということをキースに相談する。

本当は王城の図書館に文献か何かあればよかったのだが、妖精王の仕事、などという本があるわけもない。

「仕方ねぇ、教えてやる」

「ありがとう、キース」

ぶっきらぼうに言いつつも楽しそうな表情を見せる、森の妖精王キース。

腰まで届く長い深緑の髪と、王の証である金色の瞳。腰に扇(おうぎ)を差し、比較的(ひかくてき)ゆったりした服装に身を包んでいる。

ティアラローズとアクアスティードを祝福している妖精王で、いろいろとちょっかいをかけてくることも多い。


花のソファに腰かけたキースは、「何があったか……」と思案する。

ティアラローズはその様子を見ながら、キースが普段していることを思い返す。妖精王として特別に何かしていただろうか？　と。

——これといって、特にないような……。

キースは普段から自由気ままに過ごしているので、妖精王としての仕事をしているところをティアラローズはいまいち想像できなかった。

強(し)いてあげるならば、森の妖精たちに植物のお世話の仕方を教えたり……といった先生のような役目だろうか。

「ああ、そうだ。あれが必要だ」

「あれ？」

キースの言葉に、ティアラローズとアクアスティードは顔を見合わせる。どうやら何か妖精王として必要なものがあるようだ。

ちらりとアクアスティードを見て、キースは「まあいいか」と言い、言葉を続ける。

「お菓子の妖精王の指輪が必要だ」

キースの言葉に、ティアラローズはハッとした。

――そうだわ、妖精王はそれぞれ指輪を作っていたもの。

どうしてこんな大事なことを失念していたのだと、ティアラローズは肩を落とす。これは急いで取りかからなければならない案件だろう。

妖精王の指輪。

妖精王は全員、指輪を作り専用の部屋に保管している。その部屋に入れるのは、妖精王本人と妖精王に祝福された人のみだ。

森の妖精王の指輪、空の妖精王の指輪、海の妖精王の指輪、それぞれが固有の力を持ち、手に入れれば国を発展に導くことができる。

今はそれぞれの妖精王の指輪は悪役令嬢の指輪へ姿をかえて、アクアスティードの指にはめられている。

「わたくしはお菓子の妖精王の指輪を作り、その保管場所をお菓子の家に用意しなければならない……ということかしら？」

「そういうことだ」

ティアラローズがすべきことを上げると、キースが頷いた。

「お菓子の妖精王としてのティアラの指輪か。なんだか可愛らしいものができそうだ」

お菓子が載った指輪を想像したらしいアクアスティードが、くすりと笑う。

確かにケーキがついた指輪は可愛いし、前世でもおもちゃなどでよく見たとティアラローズも思う。

――でも、それだと威厳はなさそうね……。

苦笑しながら、「それなら」とティアラローズは続ける。

「ルチアにつけたら似合いそうですね」

「ああ、確かに。……でも、お転婆している間に壊したりしてしまわないか心配だ」

「……あり得ますね」

妖精王の指輪が壊れるかどうかはさておくとして、装飾のついた指輪では外で遊んでいるときや、最近始めた剣などの稽古の際に邪魔になってしまうだろう。

ティアラローズはキースに向き直ると、話を進める。

「キース、指輪の作り方を教えてちょうだい」

「普通、妖精王は自然と作り方がわかるはずだが……」

「え」

なぜわからない？　と言いたげなキースの言葉に、ティアラローズは目を瞬かせる。

自然に作り方がわかるなんて、そんな発想はなかった。

――悪役令嬢の指輪なら作ったけれど、それとは状況も違うし……。

「うぅん……」

もしかしたら、集中すれば指輪の作り方が脳内に浮かび上がるのではないか？　そう考え、ティアラローズは目を閉じて神経を研ぎ澄ます。

集中したことにより自分の魔力を感じることはできるけれど――残念ながら、指輪の作り方が脳裏に浮かぶとか、そういったことはない。

「駄目みたいだわ」

ティアラローズが肩を落とすと、アクアスティードが「大丈夫だよ」と気遣うように微笑んだ。

「お菓子の妖精王になったのも、かなり特殊な経緯だからね。今回はキースに作り方を教えてもらえばいい」

「そうですね」

アクアスティードの提案に頷いてティアラローズがキースを見ると、さっと顔を逸らされた。

「……キース？」

「キース、もしかして……」

嫌な予感がして、ティアラローズとアクアスティードは頬が引きつる。まさか、まさかとは思うのだが……。

「随分昔のことだから、指輪の作り方は忘れた」

「…………」

キースの言葉に、がっくり肩を落とす。まさか指輪の作り方を忘れたと言われるなんて、思ってもみなかった。

「じゃあ、つまり、その……キースはもう指輪を作ることはできないの？」

「いや、指輪が必要になってもう一度作ることになったら、方法は頭の中に浮かんでくるはずだ。今は必要がないから、浮かばないけどな」

別に覚えていなければならない必要性はなく、キースは気にしていなかったようだ。

「それだと、指輪の作り方を教えてもらうのは無理そうね……」

これは困った。

クレイルかパールに指輪の作り方を教えてもらう方がいいだろうか？　それとも、キースに書庫へ連れて行ってもらって指輪を作る方法の載った本を探した方がいいだろうか？

ティアラローズが悩んでいると、突然ドサドサドサーッと大きな音が聞こえてきた。

「――っ!?」

驚いて声をあげるよりも早く、アクアスティードがティアラローズを守るために抱きしめ、キースは庇うように前に立った。

……が、特に何も起こらない。

ティアラローズはアクアスティードの腕の中から抜け出して、「大きな音でしたね」と周囲を見回す。

しかしこの部屋では、特に何も起こってはいない。妖精たちは驚いてきょろきょろしているが、危険がないとわかったらすぐに遊びに行ってしまった。

アクアスティードは視線を下に移して、音の発生源を告げる。

「下から聞こえてきたみたいだね」

「書庫か？」

「本が崩れたのかしら？」

ひとまず危険はなさそうなので、ティアラローズたちは書庫へ行ってみることにした。

キースの城にあるのは、『森の書庫』だ。

マリンフォレストの様々なことが記録されている葉の本が納められている場所で、何かあるとここへ調べに来ることも多い。

木の机と葉の椅子(いす)に、暖色の花のランプ。本と呼ばれてはいるけれど、葉で作られているので、本棚(ほんだな)に見立てた木に装飾のように収納されている。

キースも今までは比較的放置していたけれど、ここ最近は以前よりも調べ物の頻度(ひんど)が上がったためお洒落(しゃれ)に改装してある。

「私とキースが先に入るから、ティアラは安全を確認できるまでここで待っていて」

「なんか崩れでもしたんだと思うが……」

森の書庫には、まずアクアスティードとキースの二人が入り、ティアラローズは、中の状況確認が済んでから入ることになった。

「わかりました。気をつけてくださいね、アクア、キース」

アクアスティードとキースが中に入るのを見送って、ティアラローズは扉(とびら)の前で待つ。

——何事もないといいのだけれど……。

ティアラローズがソワソワしながら待っていると、中から「今助けてやるからな！」というキースの声が聞こえてきた。

「え、怪我人(けがにん)……？」

キースの城にいるのは、キースと森の妖精だけだ。もしかして、森の妖精に何かあったのだろうか？　ドッドッドッとティアラローズの心臓が速くなる。

すると、すぐに扉が開いてアクアスティードが顔を出した。

「危険はないから、入って大丈夫だよ」

「はい！　アクア、キースの助けるっていう声が聞こえましたが……中で何が？」

自分にも何かできるかもしれない！　ティアラローズがそう思って書庫へ入ると、奥で大量の葉の本に森の妖精が埋もれていた。

「……え？」

「えーと……私も詳しくはわからないんだけど、本がすごく好きな妖精らしいんだ」

時間を忘れて本を読んでいたら、埋もれてしまった……ということらしい。キースが葉の本をどかしている。

すぐに埋もれていた妖精は救出され、『助かりました～！』と笑顔を見せた。

『はあ～、面白かった！　やっぱり本はこの世の宝です！』

「ったく。最近見かけないと思ってたら、引きこもって本を読んでたのか」

『いやはや……。百年ほど夢中になっていたようですね』

ティアラローズが来たことに気づいたキースが、森の妖精を紹介してくれた。

「こいつは本が好きで、書庫の管理をしてもらってる」

『どうぞよろしくお願いします！』

葉の本の山の中からぴょこりと飛び出してきたのは、書庫の管理をする森の妖精。

ほかの森の妖精とは少し違って、眼鏡をかけ、緑の内巻きのボブヘアに黄色の帽子をかぶった姿は知的だ。エプロンを身につけていて、大きなポケットには本を修繕するための道具が入っている。

挨拶してくれた森の妖精に、ティアラローズとアクアスティードは目を瞬かせる。これまで会ったことのある森の妖精とあまりにも違っていたからだ。

——なんというか、すごく……しっかりしているわ。

普段会っている森の妖精たちは、きゃらきゃら笑ってティアラローズの口に食べられる甘い花を突っ込んできたりするのだ。

なのに眼前に現れた妖精は、葉の本を大切に持ち誇らしげな表情をしている。本が好きなのだということは、その見た目からでもすぐにわかった。

——本を読んでいるから、語学に強いのかもしれないわね。

「俺は管理人って呼んでるが、好きに呼んでくれ」

『王様、管理人じゃなくて司書です！　森の書庫の司書！　間違えないでください!!』

「どっちも同じだろ？」

『大違いです‼』

どうやら管理人と呼ばれたら怒るようだ。ぷりぷり頬を膨らませている姿は、申し訳ないけれど可愛いと思ってしまった。

ティアラローズとアクアスティードは森の妖精――司書の前に行って、挨拶を返す。

「初めまして、司書さん。ティアラローズ・ラピス・マリンフォレストです」

「夫のアクアスティード・マリンフォレストだ」

『んへへへぇ、司書って呼んでもらえちゃったぁ！』

ティアラローズの発した司書という単語で、一瞬で表情が崩れた。司書と呼ばれるのが嬉しくてたまらないようだ。

さっきまでの知的な雰囲気も一瞬で吹き飛んでしまったが……。

「キース、こんなに嬉しそうなのだから呼んであげたら？」

「してることは一緒だし、別にどっちでもいいと思うけどな。……仕方ない、ティアラに免じて司書と呼んでやるか」

『んへへ～！　王様、ありがとうございます‼』

司書は抱きしめた葉の本でにやついた口元を隠し、『司書……』とうっとりした瞳で言葉を反芻している。

しかしすぐにハッとして、司書はキースを見た。

『王様が書庫に来るなんて珍しいですね？』

「本が雪崩みたいになったせいですごい音がしたから見にきたんだ。というか、俺だって本くらい読むぞ？」

『いやぁ、本当に助かりましたよ！　でも王様？　私がこの前お勧めした本だって、読まなかったじゃないですか～』

ちゃんと覚えているんですよ～！　と、司書がんへへと笑う。

「……ったく。まあちょうどいいから、ティアラの必要な本を探させるか」

『必要な本があるんですか⁉　それは司書の出番ですね‼』

ぴくぴくっと反応した司書は、ぎゅんっとものすごい速さでティアラローズの眼前へ飛んできた。

本に関することだと、いつも以上の力が発揮されるようだ。

『ティアラローズ様はどんな本をお探しですか？　お名前にラピスが入っているということは、ラピスラズリ王国から嫁いでこられたのでしょうか？　そのあたりの本もありますよ。王族ではなく貴族でしたら、婿入りで来た方もおられますから。ここに来られているということは王様に祝福されているでしょうから、特殊な植物の育て方の本などもお読みいただくことができます。ほかには――』

「話を聞け！」

『ひゃいっ』

マシンガントークを止めるために、キースが司書の首根っこを掴んで持ち上げた。放っておいたら、いつまでも話が止まらなさそうだ。

ティアラローズは苦笑しつつ、自分がほしい本を説明する。

「妖精王に関する本が読みたいの」

「人間が管理している本の中には、そういったものがないからね」

『妖精王の本、ですか？　あるにはありますが……人間が読む本ではありません』

きっぱり告げて、『すみません』と司書が頭を下げた。本の内容によっては、読める人が制限されているようだ。

——そうよね、妖精王のことを簡単に人間に教えては駄目ね。

「ティアラ、見せてやれ」

「え？　——あ、そういうことね」

キースの言葉に、ティアラローズはなるほどと頷く。今のティアラローズは人間ではあるが妖精王というもう一つの姿も持っているのだ。

ティアラローズが確認の意味を込めてアクアスティードを見ると、すぐに頷いてくれた。

司書はどういうことかわからず、不思議そうにしている。

体の魔力を意識し、ティアラローズはお菓子の妖精王である猫へとその姿を変えた。ばさりと床に落ちたドレスは、森の妖精たちが回収してハンガーにかけてくれる。

可愛い白猫の姿をした、お菓子の妖精王ティアラローズ。

ふわふわの白猫で、触り心地のよい長毛。種類はペルシャに似ていて、顔はぺちょっとしている。

一見可愛い猫だが、その瞳は王の証である金色だ。

『えええええぇぇぇっ⁉　え、待って下さい。どういうことですか？　金色の瞳は王の証で……いやいやいやいや、そういえばアクアスティード様も金色の瞳ですね⁉　私が読書に没頭している百年の間にいったい何があったのですか⁉』

「落ち着け」

『ひゃい……』

キースが再び大混乱している司書の首根っこを掴み、落ち着かせる。

「ティアラは新しく生まれたお菓子の妖精の王だ。アクアは生まれつき金の瞳を持つ現国王で、星空の王でもある」

『なんと‼　そんなすごいことが起こっていたんですか⁉　フェレス様が星空の王の地位

を譲られていたとは……歴史書の修正を……いや、もう新しく作り直した方がいいかもし
れませんね。となると、材料の葉は……』
「話を聞け」
『ひゃいっ』
三度の首根っこ掴まれに、司書は涙目だ。情報が多すぎて、何から手を付けたらいい
かわからないのだろう。手があわあわと宙をかいている。
『ええとええと、妖精王の本でしたね。妖精王でしたらもちろん読んでいただいて問題あ
りません。情報の優先順位はありますか？』
司書は眼鏡をくいっとかけなおして、ティアラローズに問いかける。どうやら妖精王の
本と一口に言っても、何種類かあるようだ。
アクアスティードに抱っこされたティアラローズは少し恥ずかしく思いつつも、正直に
告げる。
「実は、妖精王になったばかりで何もわかっていないの。妖精王がしなければならない役
目や、仕事の内容を教えてほしいの」
「とりあえず自分の城関係と、指輪の本だな」
『妖精王の手引書ですね。お待ちくださいませ～！』
どうやら求めていた本があるようで、ほっと胸を撫でおろした。

ティアラローズたちが待っている間に、ほかの妖精たちがやってきて雪崩れた本を片付け始めた。

『どうやったらこんなに散らかせるの〜！』

『急いで片付けろ〜！』

しばらく待っていると、司書が戻ってきた。片付けをしていた妖精たちは司書を見て、『ひさしぶり！』と楽しそうにしている。司書も嬉しそうだ。

『準備ができましたので、ご案内します！　アクアスティード様も星空の王ですので、ご一緒で問題ありませんよ』

「ああ、ありがとう」

猫の姿のままのティアラローズ、アクアスティード、キースの三人は、書庫の奥からさらに地下へ降りた部屋へと案内された。

そこにあったのは木の書見台に置かれた葉の本だ。しかし用意された葉の本には花の鍵と蔦の鎖がついていて、簡単に読むことはできそうにない。

「わ、すごい……」

「持ち出し禁止みたいだね」

森の書庫の奥にある、深き森の書庫。

むき出しの木の根という頑丈な壁に守られた、小さな部屋だ。天井は木の枝が伸びておおい隠されているが、葉の合間に光る花が咲いていて明るく照らしている。

書見台はいくつかあって、それぞれ重要な本が置いてあるようだ。すべて蔦の鎖がついているので、持ち出しも禁止だろう。

思っていたよりも厳重な造りになっていて、ティアラローズは近づいていいのだろうかと様子を窺う。

しかしキースはまったく気にしていないようで、「鍵までかけてんのか」と言って葉の本を手に取った。

『誰でも読んでいい本じゃありませんからね』

「まあ、王の魔力を流せばいいだけだから楽だが……」

そう言ってキースは、本の背表紙部分についている花に触れて自身の魔力を流し込んだ。するとと、花が淡く光って蔦の鎖がしゅるるるっと巻き取られるように花の周りに集まって鍵が開く。鍵の役割をした花は葉の本から外れたので、キースが本の横に置いた。

「魔力で開く花の鍵、か。なかなか興味深いな」

アクアスティードは珍しそうに見つめながら、「王城の書庫でも応用できるか……？」と、いろいろ考えているみたいだ。

簡単に鍵を外したキースは、ぱらぱら本をめくり始める。

『キース、もっと丁寧に扱った方がいいんじゃ……』

「大丈夫だって。葉の本だから、修繕も簡単だし」

『王様、修繕作業を舐めないで下さい!!』

キースの言葉に、司書がくわっと目を見開いた。

『確かに王様からしてみたら修繕は簡単に見えるでしょう。痛んだ葉を木につければ太陽の光で成長しボロボロになった部分が健康な葉に戻りますからね。ですが！　こまめに観察しないと葉の形がいびつになったり、予想と違う方向に育ってしまったりするんです。かなり神経を使う作業で――』

「わかった、わかったから！　丁寧に扱うから少し黙れ」

マシンガントークに耳を塞いだキースに手招きされて、ティアラローズは苦笑しつつ書見台の椅子にちょこんと座る……が、猫の姿なので高さが足りない。

「それだと読むのが大変だろう？」

『にゃっ！』

アクアスティードがティアラローズを抱き上げ、書見台の椅子に座って膝の上に乗せてくれた。ちょうどいい高さになって、本も読みやすい。

『ありがとうございます、アクア』

「どういたしまして」

ティアラローズが猫の嬉しさ表現で尻尾をピーンと立てると、アクアスティードが「可愛いね、もふもふだ」と尻尾を撫でてくれた。

――うぅ、恥ずかしいけど撫でてもらえるのは嬉しい……！

『って、わたくしは本を読むんでした！』

このまま撫でられていたら気持ちよくて寝てしまいそうだ。ティアラローズはぶんぶん頭を振るようにして、前脚を書見台の手前について本を覗き込んだ。

妖精王の秘密を知ることにドキドキしながら、ティアラローズは肉球部分で本に触れる。きっと、知りたい情報が載っているはずだ。

葉の本は薄く柔らかく、複数枚を蔦でくくってある。猫の爪でひっかいたらあっという間に切り裂いてしまうので、違う意味でもドキドキだ。

――取り扱いには注意しなくてはね。

しかしそこで、はたと気付く。

ティアラローズは首を後ろに向け、自分を膝に乗せているアクアスティードへ助けを求めるような視線を向ける。

『……猫の手だと上手くページをめくれません』

めくれはするだろうけれど、本を雑に扱うことになるし、肉球で無理やりめくろうとしたら皺ができてしまいそうだ。

「なら、私がめくろう」

『ありがとうございます』

ティアラローズはぱっと表情を輝かせて、アクアスティードがめくっていく本を見る。

『目次があるのね。ええと……妖精王の誕生？』

ひとまず、最初から読んでいって問題なさそうだ。

書かれていたのは、妖精王になったら自分の住居を整え、指輪を作ること。そして生まれた妖精と信頼関係を築くことが大切とある。

そういえばキースも妖精たちに指輪のことや地図の見方などを教えていたなと思い返す。

――わたくしがどうしたいかを伝え、常識的なことをお菓子の妖精と話していくことも大事ということね。

ティアラローズはなるほどと頷く。

現状は国民とも仲良くしているし、特に問題があるようには見えないが――お菓子の家を食べては作り直したり、お菓子のことしか頭になかったり……このまま放っておくと、のちのち大変なことになるかもしれない。

「ここに指輪を置く部屋の作り方が書かれているね」

『あ、本当ですね』

まずは部屋を用意しその後に指輪を作る、と書かれている。

どちらの作業も、魔力を使って進めなければいけないようだ。ティアラローズも魔力の使い方は覚えたので、おそらく問題なくできるだろう。

とはいえ、やっぱりまだちょっと不安はあるので……頑張(がんば)らなければ！　と、気合いを入れる。

ティアラローズがじっと気合いの入った瞳で本を見ていると、アクアスティードのくすりと笑う声が耳に届いた。そして額をくすぐるように撫でられる。

『アクア？』

「さすがに妖精王が使う力だけあって、難しそうだ」

『ですよね……』

魔法(まほう)の得意なアクアスティードにそう言われると、とたんにティアラローズの中で難易度が上がっていく。

しかしティアラローズの頭の中のぐるぐるは、キースがパン！　と手を叩いた音でストップした。

「考えるより実践(じっせん)ってことで、お菓子の家に行くぞ」

司書は書庫の整理をするということで、ティアラローズはアクアスティードとキースを連れ、転移でお菓子の家へやってきた。猫の姿のままなので、ティアラローズはアクアスティードに抱っこしてもらっている。

すると、お菓子の妖精たちがわっと集まってきた。

『王様だ～！』

『いらっしゃーい！』

『お菓子をどうぞー！』

『一緒に紅茶も！』

妖精たちはきゃっきゃと楽しそうに、すぐお茶会の準備を始めた。どうやらお菓子を食べることがお菓子の妖精たちにとっては挨拶のようだ。

ティアラローズのお菓子から生まれた、お菓子の妖精。

ハニーピンクの髪と、水色の花の瞳。生まれたお菓子をモチーフにしたパティシエの制服に身を包み、それぞれ製菓(せいか)道具を一つずつ持っている。

最初のお菓子の妖精はショートケーキから生まれ、そのあとはクッキーやザッハトルテなどいろいろなお菓子から生まれた。

人間にも友好的で、たくさんの人に祝福を与えてくれている。その効果はお菓子作りが上達するというものなので、マリンフォレストの製菓技術がさらに向上するのではとティアラローズは楽しみで仕方がないのだ。


ティアラローズは『素敵すぎるわ』と瞳を輝かせ、妖精が用意してくれた高めのクッキーの椅子に腰かける。猫でも問題のない高さだ。

ここはお菓子の家なので、建物はもちろん家具もすべてお菓子で作られている。

「お前な、ここを自分の城にするために来たんじゃないのか」

『それはそうだけど……まずはお菓子の妖精と交流を深めるのも大切じゃない⁉』

「つまり菓子が食べたいんだな……」

呆れたようなキースの言葉に、アクアスティードが「いいじゃないか」と笑う。

「確かにお菓子の妖精と交流を持つのは大切だし、歓迎してくれているんだ。それに、キースだって妖精が作ったお菓子は好きだろう？」

「……ったく、仕方ねえな」

アクアスティードの言葉に、キースが頭をかきつつもテーブルまでやってきた。

キースがどかっと椅子に座ると、アクアスティードもティアラローズの隣に腰かける。

キースはちょうど向かい側だ。

全員が座ったのを確認すると、妖精が森のワゴンにお菓子を載せてやってきた。

車輪の部分は柔らかい木の枝を丸めて作っていて、手元には花のランプ。持ち手の部分は木の枝でしっかり作ってある。

『わ、可愛いわね。でも、お菓子でできてないわね……どうしたのかしら？』

「そういや、うちの妖精たちがせっせと作ってたな。確か菓子をもらうのと交換条件だったか」

『森の妖精たちが作ってくれたのね』

お菓子という報酬があったようだけれど、ティアラローズからも改めてお礼を言おうと思う。森の妖精たちには、マリンフォレストへ来た婚約者時代からお世話になりっぱなしだ。

『じゃ～んっ！　王様のための、スイーツフルコース！』

全員の前に並べられたのは、フルーツゼリー、マカロン、スコーン、ケーキ、クレームブリュレだ。

フルーツゼリーの中にはカットした林檎に小花がつけられていて、まるでお花畑。マカロンは下の生地の部分がチョコレートになっていて、濃厚な味わいになっている。スコーンにはアールグレイの茶葉が使われていて香りがいいし、ケーキはお菓子の妖精が腕によりをかけた上にマリンフォレスト特産の苺がふんだんに使われているショートケーキだ。

クレームブリュレは表面が輝いていて、早くスプーンで砕いてみたくなる。

『わあぁ、すごい、すごいわ！　森の花も使っているのね。見た目も華やか』

ティアラローズはテーブルに乗り出すような状態で、スイーツのフルコースをキラキラした瞳で見つめる。

美味しそうな匂いだけでなく、見た目でも虜にさせられてしまう。

――さすがお菓子の妖精ね！

楽しいティータイムが始まると、最初は不貞腐れていたキースも美味しそうに食べている。それどころか、おかわりまで要求している。どうやら妖精のお菓子がかなり気に入っているようだ。

アクアスティードも「見た目も美しいね」と言ってゼリーを口に運ぶ。

ティアラローズはといえば、猫の姿のままではスイーツを上手に食べられないので、人間の姿に戻って通常サイズのクッキーの椅子を用意してもらった。

今度はルチアローズとシュティルカとシュティリオも連れて来てあげようとティアラローズが考えていると、お菓子の妖精が『そういえば』とティアラローズを見た。

『何かご用だった～？』

「そうだったわ！　わたくしったら、すっかりお菓子に夢中になってしまって……」

ティアラローズは口元を拭いて、お菓子の妖精たちを見る。

「お菓子の家に、指輪を設置する部屋を作りたいの。……いいかしら？」

『指輪？』

『あ、それ森の妖精に聞いたやつ！』

『作って～！』

どうやら森の妖精に聞いて指輪の存在を知っていたらしい。お菓子の妖精たちは嬉しそうに、『お菓子でできた指輪かな？』と話している。

――それだと食べて指輪はなくなってしまうわね。

確かにお菓子でできた指輪は美味しそうだけれどと、ティアラローズは笑う。

「許可をありがとう、妖精たち」

『このお菓子の家は王様のものだからね！』

だから何をしても問題ないと、妖精たちが笑う。さらに手伝いが必要であれば、お菓子で増築もしてくれるらしい。

ティアラローズはふたたび猫の姿に戻ると、目を閉じて集中する。自身の魔力を使い、お菓子の家を動かすのだ。

アクアスティードとキースは、お菓子の妖精と一緒に近くで見守ってくれている。

──お菓子の家の、指輪の保管場所。

どこがいいだろう。

地下？　二階？　それとも、お菓子を作るための厨房？　いろいろな場所を思い描いていると、ティアラローズの脳裏にお菓子の家の全貌が浮かんできた。

──これは、お菓子の妖精王としての力？

妖精王のすごさにドキドキしながら、ティアラローズは集中力を高めていく。すると、脳内のお菓子の家がより鮮明に見えてきた。

お菓子の家は三階建てだとばかり思っていたけれど、どうやら屋根裏部屋があるようだ。

魔力を巡らせると、家のことがよくわかる。

──屋根裏部屋は、特に使われていないのね。

丸い小窓がついていて、そこから外を覗くと王城が見えた。その景色は圧巻で、ティアラローズは一目で屋根裏部屋が気に入った。

『……ここに決めた』

ティアラローズは口元に弧を描き、お菓子の家に魔力を注いでいく。

上手く出来なかったらどうしようかと少し不安だったけれど、猫──お菓子の妖精王の姿になり、お菓子の家のことを考えていると自然と魔力を扱うことができた。

──すごい、今までで一番魔力を上手く使えているわ。いい感じ。

もしかしたら、これがキースの言っていた自然にわかるということかもしれない。

あっという間に、屋根裏部屋が指輪の保管庫になった。

『ふぅ……』

達成感と、魔力を多く使ったことで、ティアラローズはへにゃりと床に座り込んだ。自分で思っていた以上に、妖精王の力を使うのは大変だったようだ。

へたりこんだティアラローズを、アクアスティードが抱き上げてくれた。

「大丈夫？　ティアラ」

『はい！　ちょっと疲れてしまいましたが……無事に指輪を置く部屋ができました』

ティアラローズが微笑むと、アクアスティードは「よかった」と頭を撫でて額に優しいキスをしてくれた。

しかしキースがそれに割り込んできた。

「人前でいちゃついてるんじゃねぇ」

『にゃっ⁉』

キースに首根っこを掴まれそうになったティアラローズだが、アクアスティードが一歩後ろに下がって回避した。

「ティアラは私の妻なんだから、これくらいはいいだろう？」

「俺は祝福してる森の妖精王だが？」

いつものごとくアクアスティードとキースの間で火花が散ってしまい、ティアラローズは慌ててストップをかける。

『何やってるんですか、二人とも！』

『そういうときは、クッキーでも食べてのんびりしよ〜』

ティアラローズが止めるのと同時に、お菓子の妖精がアクアスティードとキースの口に容赦なくクッキーを突っ込んだ。ティアラローズに甘い花を無理やり食べさせる森の妖精のようだ……。

「…………」

お菓子の妖精に仲裁された二人は、クッキーを食べながら「仕方ない」と苦笑する。

ぺろりとクッキーを平らげたキースが、「あとは……」とティアラローズを見た。

「どんな指輪にするか決めるだけだな」

『しっかり考えてから作らないといけませんね』

ティアラローズはキースの言葉に頷き、どんな指輪がいいのか考えてみるが……すぐに浮かぶものではない。

国を助けるものがいいのか、個人を助けるものがいいのか、それともそれとも……考えだしたらきりがなさそうだ。

──ううっ、いったいどんな指輪にしたらいいの⁉

難しすぎて、頭から湯気が出てしまいそうだ。

ティアラローズがぐるぐるしていると、アクアスティードの手に額をくすぐられた。

「別に急ぐものじゃないから、ゆっくり決めるといい。私でよければ、いつでも相談に乗るから」

『ありがとうございます、アクア！』

アクアスティードが一緒に考えてくれるのなら百人力だと、ティアラローズは力強く頷いた。

お菓子の家の屋根裏部屋を指輪の保管場所に決めて、数日。
ティアラローズはどんな指輪にすればいいかわからずまだ迷っていた。せっかくなので紙にデザインを描いてみたりしたのだが……あまりしっくりこない。
指輪を作らなければならない期日があるわけではないのだが、なんだか急がなければ
……と思ってしまうのだ。

ティアラローズが自室で机に向かって唸っていると、オリヴィアが「でしたらウィンドウショッピングで指輪を見たらいかがですか？」と提案してくれた。

後ろに控えているレヴィも「いいですね」と頷いている。

「もちろん購入しても問題ないです。というか、アクアスティード陛下におねだりしたら街中の指輪を集めてくれそうですね……！」

名案では⁉　と瞳を輝かせるオリヴィアに、ティアラローズは「ストップ！」と声をあげる。

「指輪はそんなに必要ないわよ⁉　そもそも、普段からあまりつけないし……」

ティアラローズがつけている指輪は、左手の薬指に二つだけ。

結婚指輪と、アクアスティードから星空の王の力を受け取ることができる星空の王の指輪だ。

アクアスティードは、妖精王の指輪三つから作った悪役令嬢の指輪をつけてくれている。

二人ともほかの指輪をつけたいとは思わないのだ。

——お菓子作りをするのにも、指輪がいっぱいあると不便だし……。

と、半分は趣味的な理由もあるけれど。

「そうですか？　残念です。わたくしはもっともっとティアラローズ様を着飾らせたいのに……」

「十分着飾ってもらってるわよ？」

「そんなご謙遜……！　わたくしに任せていただければ、今よりもっと揃えさせていただきます……!!」

気合いの入ったオリヴィアの声に、ティアラローズは慌てて首を振る。これ以上は本当に必要ないと思っているのだ。

ドレスはティアラローズに似合うものを専属のデザイナーが考えて仕立てているし、使われている素材も高品質のものだ。

装飾品も揃っているので、十分贅沢をさせてもらっているとティアラローズは思っている。

「どちらかというと……」

なので、ティアラローズはどちらかといえば、ルチアローズとシュティルカとシュティリオを着飾ってみたいとも思っている。

やはり我が子にはなんでも買ってあげたくなってしまうし、可愛いドレスや格好いい衣装を着せてあげたいのだ。

「ルカとリオは双子だから揃いの衣装が多いけれど、ルチアとはあまり合わせていないから……何かお揃いのものをプレゼントしたいとも思っているの」

「それはいいですね！　三人並んだら、それはもう可愛さマックス……うぅ、想像しただ

「大丈夫ですよ」と首を振った。


けで……っ!!」

「オリヴィア様⁉」

ティアラローズが慌ててハンカチを出したが、控えていたレヴィが「大丈夫ですよ」と
首を振った。

「興奮しただけで、鼻血は出ていませんから」

「そうなの？　よかった……わ？」

オリヴィアがよく鼻血を出すので、なんとなくティアラローズもハンカチを常備するよ
うになってしまった。

これではどちらが侍女かわからない。

「……おや、アクアスティード陛下たちが来られたようですよ」

レヴィが扉の方を見ると、楽しそうな話し声と子どもたちの足音が聞こえてきた。どう
やらアクアスティードがルチアローズとシュティルカとシュティリオを連れてきたようだ。

ノックの音とともに、「お母さま～！」という可愛い声が聞こえてきた。

すぐにレヴィが扉を開けると、ルチアローズが飛び込んできた。可愛いワンピースに、
円形の白い鞄を持っている。

まるでお出かけの準備みたいだ。

ティアラローズがアクアスティードに視線を向けると、苦笑しつつ頷いた。

「ルチアが街へ行ってみたいらしくてね。支度して張り切ってるんだ。私も仕事は切り上げられるから、ティアラが大丈夫そうなら出かけようかと思って」

「そうだったんですね。わたくしは大丈夫ですよ。……実は、どんな指輪にしたらいいかさっぱり思い浮かばなかったんです」

だから気分転換になるし、家族と出かけられるしで、ありがたいくらいだ。

オリヴィアもウィンドウショッピングを推奨していたこともあり、うんうんと力強く頷いている。

ということで、ティアラローズはアクアスティードたちと一緒に街へ向かった。

子どもたち三人は、あまり王城から出たことがない。

エリオットとフィリーネの屋敷へ遊びに行くことは何度かあったが、こうやって街の中を歩くことはほとんどなかった。

ルチアローズは何度かあるけれど、シュティルカとシュティリオは初めてなのだ。

「わ、人いっぱい！」

「すごい！」

シュティルカとシュティリオは瞳をキラキラさせて、町並みを見ている。あっちこっちを指さして、「あれは？」「なに？」とティアラローズとアクアスティードに問いかける。

アクアスティードが、その一つ一つを丁寧に説明していく。

「あれはお店といって、いろいろなものを売っているんだ。あっちはパンを、あそこではお菓子を、ここはお花を売っているよ」

「「へぇえ～！」」

双子は感心したように頷いて、「お菓子！」とお店へ向かって走っていった。確実にスイーツ好きとして育っているようだ。

すると、そのあとをルチアローズが「わたしも！」と言って追いかける。その後に続くのは、アクアスティードとティアラローズだ。

さらにその後を、こっそり護衛のタルモたちが追っている。今回は子どもたちがいるので、いつもより人数は多めだ。タルモが指揮を執り、数人で護衛している。

「可愛いクッキーだ！」

シュティルカたちが走っていった先は、クッキーを販売している屋台だった。

クッキーはハートや菱形、動物や家の形に作られている。女性や子どもに人気が高いようで、何人かのお客さんが並んでいる。

「ルチア、ルカ、リオ。ほしいときは並ぶのよ。順番がきたら買えるの」

「「「はーい！」」」

　子どもたちがティアラローズの言葉に元気よく返事をすると同時に周囲がざわわわっとざわめいてこちらを見た。

「え、え、え、え、え、待って、ティアラローズ様に……アクアスティード陛下⁉」

「ということはもしや、あの三人はお子様⁉」

「姿絵で拝見した通りの可愛らしさだわ！」

「実物にお目にかかれるなんて、今日は最高の日だわ！」

　特に変装していたわけでもないので、ティアラローズたちだということは街の人たちに一瞬でばれてしまったようだ。

　ティアラローズとアクアスティードは顔を見合わせて微笑み、軽く手を振る。すると街の人も笑顔になって、手を振り返したりしてくれた。

　シュティルカとシュティリオはティアラローズの後ろに隠れて、ルチアローズは同じように手を振っている。

　アクアスティードはシュティルカたちと視線が合うようにしゃがみこんで、「怖（こわ）くないよ」と微笑む。

「みんなルカとリオのことが大好きなんだよ。だから手を振ったら嬉しそうにしてくれただろう？」

「……ん」

「あい！」

シュティルカとシュティリオも同じように手を振ると、街のみんなはその可愛さにメロメロだ。なかには、「幼少期の陛下そっくりだ！」という声もあがっている。

――幼少期のアクア！　見てみたかったわ！

ティアラローズは幼少期のアクアスティードを姿絵でしか知らないので、思わずそわそわしてしまった。

そのまま屋台に並んでいると、前に並んでいた女性が声をかけてきた。

「あの、お先にどうぞ……陛下」

「いいえ。今日は家族とプライベートできていますので、どうぞお気遣いなく」

「は、はいっ！」

恐縮してしまったのか、女性は上ずった声で返事をすると何度も頷いた。どうやらかなり緊張させてしまったようだ。

しかしシュティルカとシュティリオが「ありがと、お姉ちゃん」と女性に手を振ったので、自然と笑顔が戻った。

少し並ぶと、ティアラローズたちの順番がやってきた。

子どもたちが「どれにしよう」とクッキーを見ると、主人が緊張した面持ちで「いらっしゃいませ……！」とクッキーの説明をしてくれる。

ティアラローズが子どもたちを見守っていると、ふいに視線を感じた。アクアスティードだ。

「ティアラはどれがいいの？」

「え？　わたくしは……その……」

今日は子どもたちが好きなものを買えたらいいと思っていたので、ティアラローズは特に自分の分を買うつもりはなかった。

が、クッキーをじいっと見ていたことはアクアスティードにバレバレだったのだろう。

「……わたくしも食べたいです」

ティアラローズが白状すると、アクアスティードがくすくす楽しそうに笑う。

「ふふ、正直でよろしい。ティアラも好きなものを選ぶといい。あそこのベンチで食べよう」

「はい」

「ルチアはそれにしたのかい？」

「うん！」

ルチアローズが持っているのは、剣の形のクッキーだ。全体的に細い作りになっているけれど、折れることなくしっかり形を保っている。

騎士になるのが夢だというルチアローズにぴったりのクッキーだった。

シュティルカとシュティリオを見ると、それぞれ月の形と猫の形のクッキーを選んで満足そうにしている。

「お会計は……ルチアにお願いしようかしら？」

「わたし？」

「そうよ。こうやってほしいものを買うときは、対価としてお金が必要になるの」

ルチアローズもお金の使い方などは勉強して知っているだろうけれど、実際に使う機会というのはほとんどない。

ティアラローズは簡単にだけれど説明をし、お金を手渡した。

お金を手にしたルチアローズは瞳をキラキラさせて、「任せて！」と力強く頷いた。どうやら使命感に燃えているようだ。

ティアラローズとアクアスティードはその様子を微笑ましく見守る。

ルチアローズは「これください！」と、全員のクッキーと、さらにもう一つハートのクッキーを手に取って屋台の主人にお金を渡した。

「ルチアは一枚じゃ足りなかったか」

　直前で自分の分を二枚に増やしたルチアローズに、アクアスティードは笑う。

　しかしシュティルカとシュティリオは一枚ずつなので、ルチアローズだけ二枚というわけにも……とティアラローズは焦る。

「ルチア、一枚ずつにしましょう？　ほかのお店も行くかもしれないし、夕飯もあるでしょう？」

　ご飯が入らなくなってしまっては大変なのでそう説明したのだが、ルチアローズは首を振った。

「これはお父さまのぶん！」

「え……アクアの？」

「私の分だったのか……ありがとう、ルチア」

「どういたしまして！」

　ルチアローズの言葉に、ティアラローズたちだけではなく見守っていた周囲の人たちもほっこりした。

「ん～、おいしい！」

　近くのベンチに座って、家族揃ってクッキータイムだ。

ルチアローズはクッキーの美味しさに舌鼓を打ち、アクアスティードは娘からプレゼントされたハートのクッキーを嬉しそうに見ている。

「おいしー！」

シュティルカも美味しそうにクッキーを食べているが、シュティリオは食べずにクッキーをじっと見つめている。

「リオ、どうしたの？」

「選んだの、楽しかったから」

たくさんある種類の中から一つだけ選ぶ、ということが普段あまりないので、シュティリオにとっては新鮮だったようだ。

——王城ではお菓子が好きなだけ食べられるものね。

もちろん量などは大人が管理していて、お菓子の妖精関連は例外だけれど、食べられないくらいの量を子どもたちの前に並べたりはしない。……お菓子が好きなだけ食べられるのもいいけれど、たくさんある中から自分の好きなものを選ぶのもいいものだとティアラローズは思う。

——街へ遊びに行く時間も、もっと増やしたらいいかもしれないわね。

思いがけないことが、子どもたちの成長に繋がるのだとティアラローズは実感した。

休憩のあとは、ティアラローズがお菓子の妖精王の指輪を作る際の参考にするための、指輪のウィンドウショッピングだ。

大通りにある装飾店に入ると、ショーケースにたくさんの指輪が並んでいる。細かなデザインのものや、大粒の宝石がついたものや、ネックレスと揃いのデザインのものなど、様々だ。

「わあぁ、可愛い指輪！」

飾られた指輪を見て、ルチアローズがはしゃいだ声をあげる。キラキラした輝きに、うっとりしているようだ。

「きれい～」

ルチアローズの横では、シュティルカとシュティリオが一緒に眺めている。

「三人は楽しそうに見ているね。ティアラはどう？　気に入るのはあった？」

アクアスティードの言葉に、ティアラローズは「そうですね……」と指輪を一つ一つ見ていく。

――デザインの参考にはなるけれど……。

残念ながら、どんな能力を持った指輪にしたいかという案は浮かんでこない。

「可愛いし、お洒落だとは思うんですが……難しいですね」

ティアラローズが表情を曇らせながら告げると、アクアスティードが優しく頭を撫でてくれた。

「装飾品として使うわけではないから、難しいのは当然だよ。私だって、指輪を作れと言われたら困ってしまう」

そう言って、アクアスティードは苦笑する。

「いっそ、全部ティアラにプレゼントしようか？」

「アクア⁉」

店内に視線を巡らせているアクアスティードを、ティアラローズは慌てて止める。そんなにたくさん指輪を贈られては困ってしまう。

「わたくしには結婚指輪がありますから！」

これ以上に大切な指輪はないのだと、主張してみせる。すると、アクアスティードが嬉しそうにふわりと微笑んだ。

「そんなことを言われたら、プレゼントしづらいじゃないか」

「もう、アクアったら」

ティアラローズとアクアスティードは二人でくすりと笑いながら、しばらく指輪を見て楽しんだ。

「また今度、みんなで遊びに来ましょう」

「「うん!」」

シュティリオに言った言葉はルチアローズとシュティルカも聞いていたようで、三人が同時に元気な返事をしてくれた。

「これはまた仕事の調整が必要そうだ」

「わたくしたちも頑張らないといけませんね」

ティアラローズとアクアスティードは苦笑しつつも、笑顔で頷きあった。

第二章　歴史書と指輪

ティアラローズが自室で夜会やお茶会の招待状に返事を書いていると、ぽんっと机の上に葉が丸まった封書が現れた。

「これは……手紙、かしら？」

「手紙のようですね……」

ティアラローズの呟きに返事をしたのは、後ろから覗き込んできたオリヴィアだ。その後ろからは、レヴィも覗き込んでいる。

葉の表部分に『ティアラローズ様へ』と書かれ、くるりと丸めて花のリボンで結ばれた可愛い手紙だ。

――森の妖精かしら？

けれど森の妖精から手紙をもらったことはないので、ティアラローズは首を傾げる。このように手紙を届けてくるのは、アカリくらいだろうか。

「念のため、私が確認いたします」

「ありがとう、レヴィ」

万が一危険があってはいけないので、オリヴィアの護衛も務めているレヴィが手紙を手に取った。

花のリボンを取り、葉の手紙を確認する。

「ふむ……。森の妖精の司書からの手紙のようです。確か先日、森の書庫でお会いしたと言っていましたね？」

「ええ。まさか手紙をもらえるとは思わなかったわ」

ティアラローズはレヴィから葉の手紙を受け取って、目を通す。

司書の手紙には、大々的にマリンフォレストの歴史書を作り直したいこと、そのためにティアラローズやアクアスティードの話を聞きたいということが書かれていた。

「マリンフォレストの歴史書作り……」

――そういえば、最近のことを歴史書にしたいと言っていたわね。

この国の歴史書を作るのだから、もちろん全力で協力させてもらうつもりだ。

すぐに日程の調整をと考えたところで、オリヴィアが「歴史書を!?」と興奮して盛大な鼻血が噴き出し――たのだが、すぐさまレヴィがハンカチをあてたので事なきをえた。

ティアラローズは最近は落ち着いてきたのにと思いつつ、心配そうにオリヴィアを見る。

「オリヴィア様の知識量はとても頼りになるので一緒に来てほしくはあるのですが……大

丈夫で――」

「もちろんですわ‼　マリンフォレストの歴史書を作るという歴史的瞬間に立ち会えるなんて、幸せですわ……っ‼」

食い気味に返事をしてきたオリヴィアに、ティアラローズは「一緒に行きましょう」以外の言葉は言えなかった。

数日後。

ティアラローズは手土産に丸みを帯びた形のリーフパイを作ってキースの城へやってきた。メンバーはティアラローズのほかに、アクアスティード、オリヴィア、レヴィ、エリオットだ。

ルチアローズたちはフィリーネが子どもを連れてきてくれたので、一緒に遊んでもらっている。

「はぁ、はぁ、はぁ……わたくし、わたくし……！」

「オリヴィア……！」

「「……」」

キースの城に来たとたん、オリヴィアが過呼吸もとい過鼻血で倒れてしまった。呼吸もままならず、肩で息をしている。

「もっもっもっもっ森の妖精王の城にいぃっ！」

オリヴィアのテンションはマックスだ。

ティアラローズとアクアスティードとエリオットはどうすればいいのかわからず顔を見合わせ、レヴィを見る。この状況をどうにかできるのはレヴィだけだ。

「ここまで鼻血がすごいとなると、早急に帰らなければ命にかかわります」

「そ、それは駄目よ！　これから森の書庫へ行って、歴史書が完成するところに立ち会うのだから……!!　鼻血なんて気合いで止めて見せるわ!!!!!!」

わなわなな体を震わせるオリヴィアの横には、血塗られたハンカチが何枚もある。さすがにこれを止めるのは無理だろうと、誰もが思った。

しかしオリヴィアは「ふんっ!!」と気合いを入れて、驚いたことにピタリと鼻血を止めて見せたのだ……！

「すごいです、オリヴィア！　さすがです!!　特訓した甲斐がありましたね……!!」

――いったいどんな特訓をしたの？

思わず心の中でツッコミを入れたティアラローズだったが、さすがに内容まで聞く気にはなれなかった……。

そして「……もういいのか？」と微妙な顔をしているのは今の様子を全部見ていたキースだ。自分の城が赤く染まりそうになって顔が引きつっている。もちろんオリヴィアの鼻血はレヴィがすべて処理したのでキースの城には血の一滴もついてはいない。

「あぁっ、御前でお見苦しい姿を大変申し訳ございません!!」

オリヴィアがスライディング土下座ばりにキースの前で跪くと、さすがに驚いたらしくキースの肩がびくりと揺れた。

「っ！　いや、まあいい。司書の手伝いをしてやってくれ」

「はい!!」

扇で自分の肩をトントン叩きながら告げるキースに、オリヴィアが元気よく返事をする。歴史書づくりが楽しみで仕方がないようだ。


ということで、森の書庫へとやってきた。

『いらっしゃいませ！　んへへ、今日は来てくれてありがとうございます！』

森の妖精――司書が帽子をとってぺこりと頭を下げて挨拶してくれた。

すぐに初対面のオリヴィア、エリオット、レヴィも挨拶する。こんな風に妖精と改まって会うことはそうそうないので、なんだか不思議だ。

「お招きありがとう、司書さん。これ、お土産のリーフパイよ。今朝焼いてきたの」

『わあ、とってもいい匂い！　んへへへ、お茶の時間にお出ししますね』

司書はお土産を嬉しそうに受け取って、「どうぞ」と奥に案内してくれた。

書庫の奥の方には、今までなかった一本の木があった。薄黄緑の葉がキラキラ輝いていて、特別な木だということが一目でわかる。

同時に、魔力を含んでいるということも。

──今までのわたくしだったら、魔力のことに気づけなかったかもしれないわね。

ティアラローズ自身、星空の王の力と、お菓子の妖精王となったことで、各段に魔力が増して扱い方も上手くなっていた。

さらに先日、お菓子の家に指輪の保管場所を作ることができたので、徐々に自信もついてきているのだ。

全員が木に注目していると、キースがそっと幹に触れる。すると、葉がキラキラと輝きだした。

「綺麗……。これは、キースの魔力ね？」

「ああ、俺が自ら育てた木だ。葉の本のなかでも特別なものは、魔力で育てた木の葉を使う。ティアラ、アクア。それから──そこのお前、オリヴィア。木に魔力を注ぎ込め」

「わたくしもですかっ⁉」

キースの言葉に一番驚いたのは、オリヴィアだ。

歴史書のためにすべての知識を献上するつもりではあったけれど、まさか魔力を要求されるとは思ってもいなかった。というよりも、自分がそれに参加してもいいのか⁉　と、混乱している。

ティアラローズはそんなオリヴィアを見て、ぎゅっと手を握る。

「オリヴィア様の知識は膨大ですし、ぜひ協力してくださいませ」

「はぁはぁ、わたくしでよければもちろんですっ！　すべての知識を木に注いでみせますわ……‼」

大きく頷いたオリヴィアの熱量はすさまじく、ティアラローズも負けてられないと気合いを入れる。

「わたくしも頑張ります！　素敵な木を育てましょうね」

「ええ‼」

この二人はゲーム――この世界のことになると、かなり燃え上がる。そんなティアラローズとオリヴィアを見て、アクアスティードは苦笑していた。

というのも、アクアスティードはティアラローズたちがゲームをプレイしていた前世を持つということを教えてもらっている。そのため、ゲームの舞台となったマリンフォレスト王国とラピスラズリ王国に詳しいことは知っているのだ。

「二人が頑張るのだから、私もかなり気合いを入れないといけないな」

「どんな木に成長してくれるのか、楽しみですね」

ティアラローズが笑顔で告げると、アクアスティードも頷いた。

「よし、それじゃあ……オリヴィアから」

「は、はいっ!!」

キースに呼ばれたオリヴィアは勢いよく返事をして、木の下まで歩き出す。右手と右足が一緒に出ているので、かなり緊張しているのだろう。

そんな様子を見ながら、ティアラローズとレヴィが心の中で頑張って！　とエールを送る。

オリヴィアは木の前に立つと、すーはーすーはーと深呼吸をし、流れるような美しい所作で跪いた。

「あぁ、このように美しい木にわたくしのちっぽけな魔力を注いでいいものか……と不安になりますが、少しでもわたくしの魔力と、その知識がお役に立てましたら光栄です」

そして、両の手で木へ触れる。

ゆっくり、優しく、木を慈しむように、宝物のように――。

オリヴィアが魔力を流す間に、司書が簡単に説明してくれた。

『この書庫の葉の本は、こうして木から作られます。木が育ち本ができあがる過程は、いくつかあるんです。今回のように、魔力を流して木の成長を促すこと。それから、木が自分で成長し本になることです』

「すごいのね……」

『んへへ、とてもすごいんですよ』

木が成長すると本ができるため、管理する司書は大変だけれどやりがいがあり、何より大好きな本が増えることが嬉しいらしい。

『魔力を木に流して成長させると、一緒に自分の記憶……情報も送れるんです。なので、自分で育てる場合はどんな本にするか決められるんですよ』

今回はマリンフォレストに関する全員の知識を魔力に乗せて流しているので、それを木が取捨選択して本にしてくれるのだと司書は微笑んだ。

「……オリヴィア様の魔力が流れ込んでいくのがわかるわ」

魔力の量自体は多くはないが、丁寧に流し込んでいっているのはわかる。オリヴィアがこの木をとても大切に思っているのが言葉だけではなく動作からも伝わってくるのだ。

そして同時に、何やら小さな声でブツブツ言うのが聞こえてきた。

——何かしら？

ティアラローズは首を傾げつつ耳を澄ます。

「わたくしの知っているマリンフォレストの歴史をすべてお教えいたします。まず王都の中央にある噴水には『ラピスラズリの指輪』のロゴマークがあり、デートの待ち合わせなどで使われることがあります。そして王城へ行くための極秘の通路もいくつかあって、街から行く場合は……」

「オリヴィア様、ストップ、ストップです!!」

なんということを喋っているのだと、ティアラローズが慌てて止める。ここにいるメンバーならば聞いても問題はないだろうが、さすがに気軽に話していい内容ではない。

「すべての知識を提供しようかと……」

「魔力だけでいいんですよ……」

もしや喋っている間中、ずっと魔力を注ぐつもりだったのだろうか？　間違いなく、喋り終える前にオリヴィアの魔力はなくなるだろう。

「うぅ、魔力だけでは足りないかと思いまして……」

そう言いつつも、オリヴィアが魔力を注ぎ終えると、赤い薔薇が咲いた。

「薔薇の木、だったのかしら？」

ティアラローズが目を瞬かせながら薔薇の咲いた木を見る。けれど、木自体は普通のものだし、薔薇の葉でもない。

どういうことだろうと思っていると、キースが「魔力で成長するって言っただろう？」と薔薇の花に触れる。

「そいつの魔力で赤い薔薇が咲いたってことだ。ティアラとアクアも、それぞれの魔力にあった成長をするはずだ」

「なるほど……！」

ただ木が大きくなるだけだと思っていたが、魔力を与えた人物により成長の仕方が変わるようだ。

ティアラローズはわくわくしながら「次はわたくしが育ててもいいですか？」とアクアスティードを見る。

「ああ、もちろん」

「どんな成長をするか楽しみです！」

「…………」

わくわくしているティアラローズには申し訳ないが、その場にいる全員がどんな成長をするかは確信していた。

絶対にスイーツ関連の成長を遂げるはずだ……と！

ティアラローズは木の前に行き、オリヴィアと同じように跪いて両手で木の幹に触れる。

すると、ぱぁぁっと輝き始めた。オリヴィアのときには見られなかった現象だ。

「すごい、魔力が吸い取られていくわ……！」

びっくりして目を見開きながら、ティアラローズは木の様子を見る。

するとオリヴィアの咲かせた赤い薔薇が一回り大きくなり、周囲に甘い香りがただよってきた。どうやら薔薇の香りが強くなったみたいだ。

——わたくしの魔力で、花がさらに成長したということかしら？

「ティアラらしい成長だね」

「本当だな」

アクアスティードとキースには、どんな風に成長したのかがわかっているようだ。しかしティアラローズ自身は、まだぴんと来ていない。

——もう少し魔力を注いだらわかるかしら？

そう思って、体内の魔力をどんどん手へ巡らせていき、木へ流し込んでいく。すると今度は、白薔薇が咲いた。

「！　新しい花が咲いたわ」

魔力も十分に注いだので、ティアラローズは木から手を離してまじまじと白薔薇を見る。

「あら？」

見ただけでもすぐにわかった。ティアラローズは指先で白薔薇に触れて、軽く叩く。すると、コッコツという音がする。

「この白薔薇、花びらが硬いわ。花じゃないみたい。……いいえ、何か硬いもので作った花の装飾品……という感じかしら？」

「どれどれ」

キースが覗き込むと、咲いた白薔薇と赤薔薇を一輪ずつ摘んだ。

そして花びらをぱくりと食べた。

「キース⁉」

ティアラローズが「何しているの⁉」と焦るも、キースは「甘いな」と言って笑う。

「これ、赤い薔薇は蜂蜜みたいな味がするな。白いのは、飴細工みたいだ」

「え？」

まさかつい先ほどまでは普通の花だったのに、ティアラローズの魔力を与えたせいでお菓子になってしまったらしい。

驚いてアクアスティードに視線を向けると、納得しているようでうんうんと頷いている。後ろにいるエリオット、オリヴィア、レヴィも頷いている。

――うぅ、わたくしってそこまでスイーツ脳だと思われているのかしら……。いえ、思われているわね。

でも、スイーツな花ができたのでよしとしようと、ティアラローズも薔薇を見て頷いた。

そしてちょっと食べたいと思いつつも、アクアスティードに場所を譲る。

「それじゃあ、最後は私の魔力だね」

『よろしくお願いします！』

司書がわくわくした目で、『もう成長しきりそうですね！』と木の周りを飛んでいる。

それをキースが「落ち着け」と言って摘み上げている。

アクアスティードはその様子に苦笑しながら、跪いて木に魔力を注いでいく。すると、すぐ木に変化が現れた。

木はぐんぐん伸びて、その背をどんどん高くする。

あっという間に天井に届く高さになると、アクアスティードの魔力を放出するかのようにキラキラと輝きだして、一部の花が落ちて星に形を変えた。

木に輝く星が実り、まるでクリスマスツリーのようだ。

ティアラローズがすぐアクアスティードの下へ行き、一緒に木を見上げる。光っている様子は、なんとも幻想的だ。

――アクアの星空の魔力、なんだか温かい。

ほっこりした気分で眺めていると、司書が『これなら歴史書を作れそうです！』と嬉しそうに声をあげた。

キースの魔力で大本の木ができあがり、そこにオリヴィアの魔力で赤薔薇が咲き、ティアラローズの魔力で白薔薇が咲き薔薇はお菓子になった。そしてアクアスティードの魔力で星が実り輝く木となった。

これがマリンフォレストの新たな歴史を記す歴史書になるための木だ。

――ここにいる全員がいなければ、作ることができなかった歴史書……。

いや、ティアラローズたちの人生を形作る上で出会った人たちがいたからこそ、マリンフォレストに住む人々がいたからこそできたと言えるだろう。

そしてこれから生きていく人々がまた、歴史書にページを増やしていってくれるのだろうとティアラローズは思う。

――歴史書のページが増えるころには、ルチアは騎士になっているかしら？

娘の将来を考えて、ティアラローズの頰が緩む。

ルチアローズ、シュティルカ、シュティリオ、それぞれの未来を見守るのが今から楽しみで仕方がない。

――あ。

「わたくし……作りたい指輪が決まったかもしれないわ」

口にした途端、ティアラローズの周囲にきらりとした魔力が舞って姿が猫になった。そして、指輪の作り方が脳内に浮かび上がってくる。

自分がどんな指輪を作りたいのか決めたことで、すべきことがわかるようになったみたいだ。そのことに、ほっと胸を撫でおろす。

「作りたい指輪が決まったんだね。おめでとう、ティアラ」

アクアスティードが猫になったティアラローズを抱き上げて、ちょんと鼻同士をくっつけた。

『あ……ありがとうございます、アクア』

不意打ちの鼻ちょんに頬を染めつつ、ティアラローズは力強く頷く。

すると、キースがティアラローズの顔を覗き込んできた。くいっと腕を曲げ、その指先が背後にある花のテーブルを指している。

「なら、司書が歴史書を作っている間に一緒に作ればいい。指輪を作るのは、そこそこ時間がかかるからな」

『本当？　ありがとう、キース』

キースに許可をもらったティアラローズは、よしっと気合いを入れた。

ティアラローズたちの魔力で育った木から、司書は一枚ずつ丁寧にハサミで葉を切り取っていく。これを加工して、歴史書を作るのだ。

まずは森の妖精の魔力を込めて、葉自体の魔力を底上げする。そうすることによって、葉の本の耐久性などが上がる。森の妖精は木々ととても相性がいいので、少しの魔力でも大きな効果を得ることができるのだ。

蔦の部分を手に取って、司書はそれで葉をくっていく。こうすることで、ページをめくる本の形ができる。

「次に装丁に必要な花は……っと」

本の見た目は基本的に似通っているが、装飾などをしてはいけない決まりはない。そのため、ここの本はすべて司書の好みに仕立て上げられている。

司書は花を手に取り、『んへへ、どれが合うかな～』と楽しそうに作業を進めている。

その横の花のテーブルでは、ティアラローズが集中して指輪を作り始めていた。真剣な雰囲気に、オリヴィアはごくりと息を呑む。

「わたくしたち、歴史的瞬間に立ち会っているんですね……」

「滅多に……というか、普通は立ち会うことは許されないだろうからね」

アクアスティードはティアラローズが作業する花のテーブルの横に立ち、オリヴィアの言葉に同意する。

猫の姿のティアラローズは、きっと今までで一番集中しているのだろう。目を閉じて、微動だにしない。

そんな様子をアクアスティードはじっと眺めながら、どんな指輪が完成するのだろうと楽しみにしている。

——私も手伝うことができたらよかったんだけど……。

さすがに妖精王が作る指輪では、何をしたらいいかわからない。そもそも指輪は魔力で作っているようなので、声をかけていいものかも判断がつかない。

ただただ、真剣なティアラローズの表情を見ているだけだ。

——集中、集中、集中。

目を閉じて視覚の情報をシャットアウトし、五感を研ぎ澄ませる。すると、次第に耳から聞こえてくる音は気にならなくなってくる。

すると、脳裏にリングが浮かぶ。これがお菓子の妖精王の指輪になる元だろう。自身の中で魔力を形作り、それを現実のものへ変えていくのだ。

——指輪を魔力で一から作る。

ゆっくり、確実に作っていくことが大切だ。

ゆらり、ゆらりと、ティアラローズの猫の体がリズムを刻むように揺れる。すると眼前が光って、魔力の糸のようなものが現れた。

――これで指輪を編んでいく、そんなイメージ。

しゅるると魔力の糸が伸びて動く様子は、まるで飴細工を見ているかのようだ。リングの形を作るのと同時に、お菓子の妖精王の指輪としての特別な力も魔力で織り込んでいく。

――気を抜いたら、一瞬で指輪が崩れちゃいそう。

ティアラローズは大きく息を吸って、さらに深く指輪作りに集中していった。

その後は、とても静かな空間になった。時間にして、一時間弱……といったところだろうか。

司書が歴史書を作っていく音が響くだけで、そのほかはたまに聞こえる息遣いくらいだ。

ティアラローズは集中していて、物音一つ立てない。

しばらくすると、キースが「まだかかりそうだな」と言いながらパチンと指を鳴らす。

すると、地面から木のテーブルと葉の椅子が生えてきた。

「確かティアラの手土産があっただろ？　食おうぜ。茶は妖精が淹れてくれる」

キースは司書が受け取っていたティアラローズお手製のリーフパイを手に取る。作業に夢中の司書は、残念ながらキースの声が聞こえていないようだ。

すぐに森の妖精たちがティーセットを持ってやってきた。

花のコップに花茶を淹れ、砂糖の代わりに甘い蜜を用意してくれている。その横には、ミルクもある。

妖精たちのしっかりしたおもてなしに、エリオットが驚く。

「すごくしっかりしていますね。妖精にお茶を淹れてもらえるなんて……光栄です」

「ええ、ええ、本当に！　お茶も淹れられるなんて、なんてすごいのかしら！　あんな小さな体だというのに……」

ちょっと驚くエリオットとは違い、オリヴィアは全力で絶賛している。

キースはそんな二人にくくっと笑い、「すごいだろう？」とドヤ顔で返した。

「この城にはティアラがいつでも使えるようにキッチンも用意してあるからな。妖精たちはそこを使って、茶の淹れ方を勉強したんだ」

「そんなことをしていたのか」

アクアスティードは「キッチンは必要ないから撤去してくれ」とキースを睨みつつ、椅子に座る。

ティアラローズと司書以外の全員で、のんびりティータイムだ。

花茶を堪能していると、レヴィが疑問を口にした。

「指輪と歴史書は、どれくらいでできあがるものなのですか？」

「ん？　ん〜、指輪は魔力の扱いとセンスによるから、ティアラは結構かかるだろうな。

つっても、かかってあと数時間か。歴史書は司書の腕前次第だが……」

キースの言葉で全員の視線が司書に向く。

司書の手元はなんのためらいもなく動いていて、どうすれば歴史書を作れるか体が理解しているかのようだった。そのスピードも速く、とても精密な作業をしているとは思えないほどだ。

「……歴史書も早くできあがりそうですね」

「だな。あいつは本に関することだけはすさまじくて、右に出る奴はいない。任せておけばマリンフォレストの立派な歴史書ができるだろう」

その言葉に全員が頷く。

司書の本に関する熱量はすでに見ているので、なんの心配もしていない。

話の流れで、オリヴィアも気になっていたことをキースに問いかける。

「歴史書ですが、内容はどうなるのですか？　やはりマリンフォレストのすべてを記すべきだと思うのですが……」

オリヴィアが昔からいつか作ろうと計画していた『マリンフォレスト大全』を今こそ作りあげるときではないのか……と思う。

しかしキースは「ん～」と悩む。

「ざっくりした感じにわかればいいんじゃないか？　王の名前とか、大きな事件とか」

けろりと言ったキースに、オリヴィアはががーんとショックを受ける。

「そんな！　わたくし、ドワーフが――地下のエルリィ王国が発見されてから、マリンフォレストの地下も調べたんです！　それだけではありません。街の地形の移り変わりや、もしものときのためにこっそり隠し通路も作りました……‼」

「オリヴィア嬢⁉」

最後の話は聞いていないぞと、アクアスティードがオリヴィアを見る。

「あ……！　完成したら報告する予定だったのです。作業したのはレヴィだけですから、ほかの人間でこの通路を知る者はいません」

うちの執事はすごいでしょうと言わんばかりにオリヴィアが胸を張ったので、アクアスティードとエリオットは二人でため息をついた。

「とりあえず、隠し通路を歴史書に記すのは却下だ。もし誰かに読まれて悪用されでもしたら、大変なことになる」

「――ハッ！　そうでした……。わたくしったら、夢のマリンフォレスト大全のためとはいえあまりにも愚かな提案を……。申し訳ございません、アクアスティード陛下。わたくし――」

「いい、いいから土下座をしようとしないでくれ！　レヴィも立て」

どうしてこの令嬢と執事はナチュラルに土下座をしようとしてくるのか。いや、誠心誠意の謝罪ということはわかるのだが……。

アクアスティードはもう一度ため息をついて、司書へ視線を向ける。

「ひとまず、内容の選定は司書にしてもらうのがいいだろう。今までの歴史書も管理しているだろうし、最適な内容がわかるはずだ」

「はい！」

オリヴィアはアクアスティードの決定にすぐさま頷いた。


それから三時間ほど経ったところで、部屋の空気が動いた。

「なん——ティアラ？」

アクアスティードがすぐにティアラローズを見ると、猫の体が淡く光り輝いていた。周囲には星の光が散っていて、まるで新しい世界でも作っているかのようだ。

ティアラローズの眼前には、リングがある。

しかしその形を見ることはまだ叶わないようで、白く光っている。キース曰く、最後の仕上げをしているということだ。

ふわりとした甘い匂いがただよったところで、ティアラローズが目を開いて花のテーブルの上に立った。

『──できたわ！』

ティアラローズはとびきりの笑顔でアクアスティードたちの方を見る。なんども苦戦したけれど、どうにか指輪が完成した。

『ふう……』

──ここまで集中して魔力を使ったのは、初めてかもしれないわね……。

ティアラローズが安堵の息をつくと、お茶をしていたアクアスティード、キース、オリヴィア、レヴィ、エリオットがティアラローズの下へやってきた。

「お疲れさま、ティアラ」

『ありがとうございます、アクア。これがわたくしの作ったお菓子の妖精王の指輪です』

ティアラローズの小さな猫の手の上には、可愛らしい指輪が載っていた。

キラキラ光る指輪はまるでステンドグラスのようだけれど、ほのかに甘い香りが鼻に届いた。

まじまじと指輪を見てアクアスティードが、「これはもしかして……」と言ったので、ティアラローズはさすがだと思う。

『そうです。実はこの指輪、アクアの星空の魔力も一緒に使わせてもらったんです』

元々、ティアラローズがお菓子の妖精を生み出したのは溢れ出してしまった星空の魔力をもらってもらうためだ。

　であれば、指輪にも自分の魔力だけではなく、星空の魔力を使ってもいいのではないか？　と、みんなで木に魔力を注いだことにより思いついたのだ。

『この指輪の力は——回復。多少の怪我だったら、すぐに治癒できると思います』

「それはまた……すごいものを作ったね」

　アクアスティードは息を呑んで、ティアラローズを見る。この指輪の存在を知られたら、きっとほしいと望む人間は多いだろう。

　この世界にも治癒魔法はあるけれど、使い手は圧倒的に少ないのだ。

『わたくしは、みんなを守りたいと思ったんです。戦う力はほとんどないので、ならば癒す力を……と。単純かもしれませんが』

「そんなことない。ティアラらしくて優しい力だと思う」

『ありがとうございます、アクア』

　ティアラローズは机の上に指輪を置くと、鼻をくんくんさせてアクアスティードたちがお茶をしていたテーブルに近づいていく。

『いい匂いがします！』

　キラーンとターゲットを発見したかのように、ティアラローズの目が光る。お菓子の存在に気づいてしまったのだ。

「ああ、花茶とリーフパイか。すぐティアラの茶も妖精に――」

『うわあぁぁっ⁉』

「司書⁉」

「なんだ⁉」

淹れさせると、キースがそう告げる前に司書の声が響いた。作業机を見ると一冊の本ができあがっていて、その上に司書が乗っている。

できあがったことが嬉しくて叫んでしまったのだろうか？　そう思ったのも束の間で、よくよく見ると、テーブルの上に置いてあるお菓子の妖精王の指輪と本がキイィンと共鳴して光り始めた。

『え⁉　どうなってるの⁉』

ティアラローズが慌てて指輪のところへ行こうとするが、アクアスティードが「危ない！」と叫び猫のティアラローズを抱きしめる。

状況が分からないのに、危険かもしれない指輪のところへ行かせるわけにはいかない。

「落ち着いて、ティアラ」

『アクア、でも……！』

指輪に何かあったらと、さらに指輪のせいで誰かが傷ついてしまったらと、ティアラローズは不安になる。

「チッ、そういうことか！　指輪にティアラとアクアの魔力が入っていて、歴史書にもお前らの魔力が入ってるから共鳴して力が膨れ上がったんだ！」

『えええええぇぇっ⁉』

よかれと思ってやったことが完全に裏目に出てしまったようで、ティアラローズは悲惨な叫び声をあげる。

すると、閉じていた本が勢いよく開いて司書が吹き飛ばされてしまった。

『うわあああぁっ！』

『司書さん！　キース、どうしたらいいの⁉』

「俺だってわから――」

『でも――』

どうにかして解決策をと、考えを巡らせるよりも歴史書の動きは速かった。動きが速いとはどういうことだと、その場にいた全員が思っただろう。

司書が作り上げた歴史書は葉の形ではなく、普通の書籍の形状だった。ハードカバーよりも一回りほど大きな分厚い本、といったところだろうか。

しかし歴史書は急に宙に浮き、パラパラとページを捲りはじめたのだ。そして真ん中くらいのページで動きを止めた。

大きく開いたページをまるで口のようにして〈知識の宝庫！〉と叫んだ。

『え、喋れるの⁉』

「規格外の本だな……」

何が起こるかわからないので、全員側にいた方がいい。そう思って部屋の中で固まろうとしていると、後ろの方で見守る体制をとっていたオリヴィアに向かって本が突進してきた。

「え、わたくし⁉」

突然のことで、アクアスティードたちは目を見開く。お菓子の妖精王の指輪が共鳴しているティアラローズを狙うと思ったら、まさかオリヴィアを狙うとは。

「はあぁぁ、まさかわたくしを選んでくれるなんて‼　選ばれるのはヒロインと相場が決まっているのに……！」

嬉しいとオリヴィアの顔にでかでかと書いてある。

『オリヴィア様、そんなことで喜ばないで下さい‼』

ティアラローズが声をあげると同時に、大きく開かれたページの部分がオリヴィアを頭から丸っと食べてしまった。

「お、オリヴィア――‼」

そしてレヴィの叫び声だけが、こだまするように響いた――。

第三章 グリモワール

ふわふわとまどろむような意識のなかで、オリヴィアはゆっくり目を覚ました。
どうやら横たわっていたらしく、視界には天井が映っている。

「これは……知らない天井だわ!!」

まどろんでいた意識は一気に覚醒し、オリヴィアはカッと目を見開いた。まだこの世界に自分の知らない天井があったなんて……！ と。

「っと、いけないわ。まずは落ち着かなくては」

オリヴィアは深呼吸して、周囲を見回す。
ほんのり薄暗い通路だけれど、その壁は木の幹でできているようだ。なんとなく辺りの様子がわかるのは、花が淡く光っているからだった。

「わたくしは……確かできあがった本にぱっくんされちゃったのよね？」

つまりここは本の中の世界ということで。

「え、すごい……！　まさか本の中に入れてしまうなんて！　感動だわ‼」

この感動を誰かに伝えたい。オリヴィアはそう思ったのだが、あいにくとここには自分一人しかいない。

――残念だわ。

しょんぼりしつつ、オリヴィアは何をすればいいのだろうと首を傾げる。本の中に入ったのには、きっとそれなりの理由があるはずだと考える。

「たとえばこの世界を救うとか、しなければならないことがあるっていうのがオーソドックスよね？」

もし勇者になってくれと頼まれたら喜んで魔王と戦うし、世界を救うための贄が必要ならばいつでもこの身を差し出そう。

「ハッ！　わたくしの身を差し出したらレヴィに叱られてしまうから駄目だわ」

ぶんぶん首を振ると、オリヴィアはふと声が聞こえてくることに気付く。

――そういえば、食べられる前に知識の宝庫という言葉が聞こえた気がするわ。

やはり自分を食べたことには理由があるようだと、オリヴィアは声のする方へ歩き出した。

一方、森の書庫。

マリンフォレストの歴史を記すために作られた本に食べられてしまったオリヴィアを見て、全員が顔面蒼白になっていた。

一人、レヴィだけは馬乗りになるようなかたちで「オリヴィアを返しなさい！」と本に突っかかっている。

『「…………」』

部屋の中に沈黙が落ちているのは、全員がどうすればいいのか必死に考えているからだろう。

最初に口を開いたのは、アクアスティードだ。

「キース、司書、このような前例はあるのか……？」

「ないはずだ」

『わたしも初めてですし、意思を持った本があったという記録もありません』

どうやら現時点で手掛かりは何もないようだ。

レヴィに取り押さえられた本はジタバタしているけれど、悪意のようなものがにじみ出ている感じはしない。なので、その分厄介だとアクアスティードは思う。本が告げた通り、望んだのは『知識』なのだろう。

「オリヴィア嬢のマリンフォレストに関する知識量は、おそらくこの国でも随一……」

歴史学者にも劣らないどころか、学者が知らない情報もいろいろと持っているだろう。

「ええ。オリヴィアよりすぐれている歴史学者などいないでしょう」

「レヴィ……」

誇らしげに頷くレヴィをアクアスティードは言葉で制止し、「どうしたものか」と本を見た。

『この本は、オリヴィア様を呑み込む前に喋っていました。もしかして、意思疎通ができるのではありませんか？』

ティアラローズはゆっくり本に近づいて、話しかけてみた。

『ねえ、あなたは喋れるの？　オリヴィア様はどうしているのか教えてちょうだい』

〈私は歴史を紡ぐ本。詳細な知識がほしくて、知識量の多い彼女を呑み込んだ〉

『「――っ！」』

脳内に直接響くような声に、全員が息を呑んだ。

どうやらティアラローズが考えた通り、この本には意識が生まれているようだ。そして貪欲に、知識を求めている。

〈完璧な歴史書になるため、彼女の知識をもらい受けたい〉

「もらい受ける……？　オリヴィアは今、どうしているのですか……!!」

焦るようなレヴィの声に、しかし本は淡々とした声で答える。

〈知識をもらい受けたら、すぐに返す。それが何日、何年後になるかはわからない〉

「何年……!?」

『そんなの駄目よ！　どうにかしてオリヴィア様を助け出さなければ……』

歴史書完成のために協力するのは問題ないが、そのために無許可で何年も本の中に閉じ込められるわけにはいかない。

ティアラローズは唇を噛みしめ、本を睨む。確かに歴史書を作ることは大切だけれど、誰かを犠牲にして作るものではない。

レヴィは本に手をかけて、「引きちぎりましょうか……？」と物騒なことを言っている。

『どうにかして、わたくしたちも本の中に入れないかしら？　そうしたら、オリヴィア様を助け出すことができるのに』

本の中に入って誰かを助け出すというのは、割とよくあるシチュエーションだとティアラローズは考える。

「ティアラ、さすがにそれは危険すぎる。戻ってこられなくなったらどうするつもりだ」

すぐアクアスティードから止めるように言われてしまった。……が、ティアラローズも引き下がるわけにはいかない。オリヴィアは大切な友人だ。

——お菓子の指輪のせいでもあるもの。

『アクア。わたくしはオリヴィア様を助けたい。どうか力を貸してはくれませんか？』

「………その顔は、何を言っても駄目そうだね」

ティアラローズの表情ですべてを悟ったアクアスティードは、「仕方ない」と協力することを了承してくれた。

「お二人とも……！　ありがとうございます。必ずやオリヴィアを助け出さなければ」

レヴィはオリヴィアを助けると決めたティアラローズとアクアスティードに礼を言うと、本に向かってひどく冷たい声で話しかけた。

「私もオリヴィアと同等の知識を持っています。妖精王になられたティアラローズ様も、星空の王であるアクアスティード陛下も。それぞれあなたにとって有益です。さあ、私たちも呑み込みなさい」

〈——私は知識が増えるのであれば、一向に構わない〉

本は大きくページを開き、ティアラローズ、アクアスティード、レヴィの三人を呑み込

んだ。

〈取り込んだ者の魔力を通して、私はその人生を知ることができる。お前たちが見るものは、私が見た際の視点と同様の立ち位置となるだろう〉

つまり本の中に入ると、ティアラローズたちの中にある記憶を第三者視点で見ることができる……ということだろう。

ティアラローズはごくりと息を呑む。

『わかったわ。オリヴィア様を助け出すことはもちろんだけど……歴史書を作ることだって大切なことだし、知識を求めているだけで……敵ではないのでしょうから』

アクアスティードとレヴィと視線を合わせて頷くと、それを合図とみなした本がティアラローズたちを呑み込んだ。

「……アクアスティード様、ティアラローズ様!!」

取り残されたエリオットは本に向かって声を荒らげたが、返事はなかった。

「起きてください、ティアラローズ様」

「ん、んん……?」

レヴィに体を揺さぶられ、ティアラローズの意識が浮上した。どうやら本に食べられた衝撃で、意識を失っていたようだ。

「わたくし……人間の姿に戻ってる」

「きっと意識を失ったせいでしょうね。ドレスは着ていましたよ」

「そう」

どうやら歴史書がティアラローズのドレスも一緒に取り込んで、意識を失っている間に着せてくれたようだ。

レヴィの言葉にほっとしつつ、ティアラローズはすぐ横に視線を向ける。見ると、倒れていたアクアスティードが体を起こしたところだった。

「アクア！」

「ティアラ！　よかった、側にいて。怪我はない？」

「はい。わたくしは大丈夫ですよ」

すぐ心配してくれるアクアスティードに微笑んで、ティアラローズは元気なことをアピールする。人間に戻ってドレスを着ていたことも、きちんと伝えておいた。

アクアスティードも落ち着いたようで、ゆっくり周囲を見回している。

「ここは……本の中か？」

「そのようですね。周囲にオリヴィアはいないようですが……」

レヴィは軽く辺りを見回して、肩を落とす。すぐにでもオリヴィアと会えると思っていたのだろう。

「危険があるかもしれないから、ティアラは私から離れないように気をつけてくれ」

「はい」

ひとまずこの森の中のような世界がどんなところか把握しなければならない。しかし、ふっと周囲の景色が変わった。

「え……!?」

「どうなってるんだ？」

「ここは、ラピスラズリ王国との国境の近くでしょうか」

今までいた森の中ではなく、ティアラローズたちはレヴィが告げたようにマリンフォレスト王国とラピスラズリ王国の国境に近い場所にいた。

遠目には浜辺も見えて、潮風の匂いがする。

ティアラローズたちが周囲を警戒するように観察していると、馬車が目に入った。ラピスラズリ王国側から来たようで、浜辺に向かっている。

豪華な馬車なので、乗っているのは貴族だろう。

──話を聞くか、近くの街まで乗せていってもらえたら──

何かがわかるかもしれない。そう思ったティアラローズだったが、よくよく馬車を見て息を呑んだ。なぜなら、馬車に見覚えがあったからだ。

思わず口元を押さえ、一歩下がる。すると後ろにいたアクアスティードにぶつかったが、すぐに支えてくれた。

「アクア、あの馬車……」

「ああ」

どうやらアクアスティードもティアラローズと同じことを考えているようだ。レヴィだけは意味がわからないようで、何があるのだろうと馬車をじっと見ている。

「貴族が使う普通の馬車ではないですか？　豪華な部類ではありますが──あ」

言って、レヴィがぱちりと目を瞬いた。ティアラローズとアクアスティードが言いたいことがわかったのだ。というか、窓から顔を出した人物のせいでわかってしまった。

「ティアラローズ様とアクアスティード陛下が乗っていますね」

「……あの馬車は、私がティアラを連れてラピスラズリから戻ってきたときに乗っていたものだよ」

後ろに続く馬車には護衛や使用人などもいる。おそらくフィリーネやエリオットもいるいるようだ。
「これが……歴史書」

ただ文字で記すだけではなく、本が言っていたように起こったことをそのまま記録して

のだろう。

まるで録画した映像を見ているみたいだとティアラローズは思う。

このときは……浜辺に行くとアイシラに出会い、アクアスティードと仲良くする様子に

耐えられずティアラローズが一人になったところで森の妖精たちと出会うのだ。

懐かしいけれど、若かりし頃の黒歴史を見ているようななんとも言えない気持ち

になる。

顔を逸らしたい……そう考えていたら、頭の中に直接、本の声が届いた。

〈三人が私の中へ入ってくれたから、マリンフォレストの決定的な歴史がどんどん埋まっ

ていくよ。ありがとう〉

本にとっての知識とは、どうやらティアラローズたちの記憶のことらしい。

〈星空の王の妃がマリンフォレストに足を踏み入れた瞬間は、ぜひ記録しておきたい〉

そう言った本の声は、とても嬉しそうだった。

そして再び場面が変わり、王城になった。

煌びやかな珊瑚のシャンデリアが明かりをともす部屋では、ダークブルーの髪の赤ん坊がすやすやと眠っていた。

すぐ近くに人が控えていてドキリとしたけれど、どうやらティアラローズたちのことは見えていないらしい。

ティアラローズたちは顔を見合わせて、赤ん坊のところへ行ってみる。

「――この子、って」

「…………」

気持ちよさそうに眠っている赤ん坊を見たティアラローズは、すぐ横にいるアクアスティードへ視線を向ける。が、アクアスティードは黙っている。

――面影があるわ……！

もしかしてもしかしなくても、この赤ちゃんはアクアスティードなのでは⁉　と、ティアラローズは思う。

カメラなどがないこの世界では、姿絵を見ることしかできない。そのため、ティアラローズは実際に赤ちゃんの頃のアクアスティードを見られてテンションが上がっていく。

「アクア、アクア、この子……アクアですよね？」

ティアラローズはわくわくそわそわしながら問いかけると、アクアスティードは恥ずかしそうにしながらも頷いてくれた。

――やっぱり！

オリヴィアではないけれど、感動しすぎて鼻血が出てしまいそうだ。

ティアラローズは口元を押さえつつ、可愛らしい寝顔の赤ちゃんアクアスティードにメロメロになる。

「赤ちゃんのアクア、すごく可愛いです」

小さな手を握りしめてみたい衝動に駆られてしまうけれど、我慢だ。ティアラローズは気持ちを落ち着かせるために何度か深呼吸を繰り返す。

でもでも、少しだけなら触れてもいいのでは……？　そう思ってティアラローズがおそるおそる手を伸ばし、赤ちゃんのアクアスティードの手に触れようとして……すかった。触れようとしても通り抜けてしまい、触ることができなかったのだ。

「そんな……っ！　触れ合うこともできないなんて」

まるでホログラムのようだ。

ティアラローズはしょんぼりして、触れられないのであればせめて目に焼き付けようとじいっと見つめる。

――アクアはこのころから睫毛が長かったのね。

寝ているため綺麗な金色の瞳を見ることはできないけれど、気品は伝わってくる。たくさんの愛情に包まれて育っているのだろう。

――わたくしも小さな頃にアクアと会ってみたかったわ。

一緒にお菓子を食べて、本を読んで、話をして……そんな風に遊べたのならきっと楽しかっただろうと思う。

――わたくしの幼少期はハルトナイツ様に振り回されてばかりだったから……。

ちょっと自分の過去を思い出して、ティアラローズの目は遠くなる。別に嫌な思い出ばかりだったわけではないけれど、苦労は多かった。

赤ちゃんのアクアスティードを見ていると、その苦労が報われるような気がした。ティアラローズは自分の頰が緩むのを感じ、赤ちゃんのアクアスティードのほっぺたはとっても柔らかそうだと思う。

――触れらないことが本当に悔やまれるわ！

「ティアラ、そんなに見られると恥ずかしいんだけど……」

「あ……。ですが、せっかくの赤ちゃんアクアですよ！　この機会を逃したら二度と見られないかもしれません」

もっと見たいし、なんなら永遠に眺めていられるほどの可愛らしさだ。ほっぺただってむにむにしたい。

「柔らかそうなほっぺたなのに、触れられないことがとても残念で仕方がなくて……」

赤ちゃんのアクアスティードに触りたいのだと主張すると、アクアスティードがむっと眉を寄せる。

「赤ん坊なんかより、私がいるんだからこっちでいいだろう？」

そう言ったアクアスティードに手を取られて、強制的に頬を触らされてしまった。赤ちゃんのようにむにむにしているわけではないが、しっとりしていて触り心地がいいことは変わらない。

——アクアのほっぺに触るのもいいけれど、なんだか恥ずかしいわ。

無意識の内に頬が熱くなるのを感じる。

しかし赤ちゃんのアクアスティードも気になってしまうので、ちらと視線を移すと……アクアスティードに「こら」と叱られてしまった。

「これじゃあ、ティアラの赤ちゃんの頃を見せてもらわないと割に合わない」

「わたくしの幼少期はラピスラズリですから……」

残念ながらこの本の中では見ることはできない。なんといってもここはマリンフォレストの歴史の中だ。

しかしそんなことを話していたら、再び場面が切り替わってしまった。

「あぁっ、そんな……！」

まだまだ堪能したかったのにと、ティアラローズはショックを受けて涙目になった。

今度の場所はゴツゴツした岩山で、緑も少ない。周囲には鉱石が転がっているので、あまり人が入らないような場所なのだろう。

「ここは……？」

「アクアの記憶にない場所ですか？」

周囲を見回しているアクアスティードには、心当たりがないようだ。もちろんティアラローズにもない。

となると残りは……と、レヴィを見る。

「私が鍛錬をしていた場所ですね」

レヴィはそう言って、岩を一つ指差した。軽く五メートルはある大岩だが、よく見ると切り傷のような跡がついているのがわかる。

暗器を得意とするレヴィの武器は短剣なので、それによってついた傷だということはすぐにわかった。

ティアラローズが「すごい……」と岩を見ていると、びゅんっと自分の体を通り抜けた短剣が岩に刺さった。

「ひあっ！」

「ティアラ‼」

「あああああくあ……だ、大丈夫です。この世界のものに触れられなくて残念に思っていましたが、今は心の底から触れられなくてよかったと思います……」

ドッドッドッと心臓が嫌な音を立てている。

「あ、私ですね」

「え」

レヴィの声に、ティアラローズとアクアスティードは後ろを見る。そこにいたのは、短剣を手にしている幼いころのレヴィだ。髪はまだオールバックではなく下ろしているので、幼さが見えてなんだか新鮮だ。

「オリヴィアに頼んで、鍛錬に時間を割いていたんです。もちろん、オリヴィアのお世話は怠りませんでしたが」

「でしょうね……」

ティアラローズたちはレヴィが甲斐甲斐しくオリヴィアのお世話をする様子ばかり見ていたので、鍛錬のためとはいえ、こうして離れているのが少し不思議だ。

幼いレヴィは筋トレを行い、短剣の扱いを練習し、武術関連の本を読んで勉強もしていた。レヴィは普段から涼しい顔をしているが、実はかなりの努力家だったようだ。

するとと再び場面が変わった。

「ここは……私たちの部屋、だね」

しんと暗い夜の時間。アクアスティードが言葉にした通り、そこは夫婦の寝室だった。

「なな、なんでこんな場所に⁉」

「ティアラ、落ち着いて」

さすがにこれはプライベートすぎる！　と、ティアラローズがとてつもなく慌てている。

そして自分とアクアスティードはどうしているのだろうと、おそるおそるベッドを見た。

「んん、誰かいるの……？」

「「——！」」

ベッドの中から、ティアラローズの声がした。

もしや自分たちが見えているのかと、心臓がどくんと音を立てる。が、ベッドから体を起こしたティアラローズは目を瞬かせて、「こんな時間にどうしたの？」と微笑んだ。

『えへへ、遊びにきちゃった～』

『起こしちゃった？』

「大丈夫よ」

ベッドから下りてきた記憶のティアラローズが、今のティアラローズたちを通り過ぎてバルコニーへ行く。そこにいたのは、森の妖精だ。

どうやら自分たちが見えていたわけではなかったようだ。

「どうしたの？」

『綺麗なお花が咲いたから、ティアラにプレゼント!』

「わ、素敵ね」

妖精が持ってきたのはスズランに似た形で、花の中に小さな光が灯っている輝く花だった。夜の暗さに負けない光は、柔らかだが力強く優しい。

「ありがとう」

『いつもお菓子をくれるから、そのお礼!』

えへへ~と笑う妖精は、ティアラローズに気に入ってもらえてとても嬉しそうだ。

「本当はおもてなしをできたらよかったんだけど、この時間では駄目ね。また、昼間に遊びに来てくれるかしら」

『もちろん!』

またお菓子を用意しておく約束をして、記憶のティアラローズは妖精たちを見送った。

記憶のティアラローズは部屋へ戻ると、サイドテーブルに置いてある水差しでコップに水を注いで、そこに花をいける。

「少し目が覚めてしまったわね」

そう言いながらベッドに入ると、寝ているアクアスティードが見えた。アクアスティードの額にかかる前髪を手でとかすようにして、ティアラローズは額に優しくキスをする。

「――!! こ、これは、その！ 違うんですアクア、わたくしは……っ!!」

内緒でこっそり寝ているアクアスティードのおでこにキスをしたことがばれてしまい、ティアラローズは慌てふためく。

「私が寝ているときは、こんなにも積極的になってくれているとは……」

起きていなかったことが非常に残念だけれど、寝ていたからこそキスをしてもらえたならば仕方がないとアクアスティードはくすりと笑う。

「まあ、今は起きていてもしてくれるからいいけど」

「アクア！」

恥ずかしいことを言わないでと、ティアラローズは茹蛸のように真っ赤になった。


その後もいくつか場面が変わり、さらにアクアスティードの幼少期などを見て――最終的に辿り着いたのは王城の地下だった。

蝋燭の明かりはあるけれど、薄暗く、目が慣れていないためまだあまりよく見えない。

「ここは……いつの時代の地下かしら」

今まで見ていた光景は年代がバラバラだったので、場合によってはここにフェレスとリリアージュがいるはずだ。

ティアラローズが目を凝らしていると、人影が見えた。すぐに状況を把握したのか、最初に声をあげたのはレヴィだ。

「オリヴィア！」

「レヴィ！　ティアラローズ様に、アクアスティード陛下も！」

どこかほっとした様子でこちらを見たのは、レヴィが呼びかけた通りオリヴィアだった。

その瞳には、涙が溢れている。

「……っ！　何かあったのですか、オリヴィア様」

ティアラローズとアクアスティードが駆けつけて心配すると、オリヴィアはゆっくり首を振り……視線だけを動かした。そこにいたのは——フェレスだ。

「大丈夫だよ、リリアージュ。私はずっとここにいる」

そう小さく呟いたフェレスの目にも、うっすら涙が見えた。

どうやら、ここはティアラローズが知る時代よりかなり昔なのだろう。フェレスの空気は重く、絶望すら感じる。

「オリヴィア嬢、無事でよかったが……どれくらいここにいたんだ？」

「……わたくしの役目は、歴史に大きな動きがあったときの客観的な動線みたいです。王城の地下通路や、フェレス殿下のことをお話ししたんです」

その結果、王城の地下にやってきてフェレスの記録を見た。

というのも、この光景は元々のマリンフォレストの歴史書に収録されていた内容なので、

見ること自体は問題なくできるのだとオリヴィアは説明してくれた。

「とはいえ、他人が土足で見ていいものではないのでしょうが……」

「……そうね」

ティアラローズはオリヴィアの言葉に同意して頷いた。

オリヴィアはハンカチで目元を拭い、「帰りましょうか」と告げる。今までは不可抗力でここにいたオリヴィアだが、ティアラローズたちが来た今ならば本がほしかった知識も補完されたのだろうことがわかる。

「本は、数年単位でオリヴィア様が必要かもしれないと言っていたけれど……この短時間で解決したというの……？」

純粋に不思議でならず、ティアラローズは困惑した表情をオリヴィアへ向ける。アクアスティードも「膨大な知識が必要だったはずだが……」とオリヴィアを見ている。

「ああ、それでしたら……わたくしの攻略本を差し上げたんです」

「攻略本って、オリヴィア様の別荘にあった攻略本ですか？」

「そうです」

オリヴィアはドヤ顔で頷いた。

攻略本——それはオリヴィアが前世で覚えていることすべてを詰め込んだ『ラピスラズ

リの指輪』の攻略本だ。

そこにはこの地下通路はもちろんのこと、王族だけが知る避難（ひなん）経路など様々な情報が書かれている至高の一冊。オリヴィアの知識がすべて詰まっているといっても過言ではないだろう。

――なるほど、だから時間が短縮できたのね。

おそらく攻略本がなかったら、本が言ったように数年単位の時間が必要だったのだろう。

「オリヴィア様の攻略本に感謝しなければいけませんね。ありがとうございます、オリヴィア様」

「いいえ。わたくしの知識が森の書庫の歴史書のお役に立つなんて、これほど光栄なことはありません」

いつでも何日でも何年でもどうぞ！　というオリヴィアに、さすがにそこは自重してほしいとティアラローズは苦笑（くしょう）した。

「お、帰って来たか」

「アクアスティード様、ティアラローズ様……！　ご無事でよかった……!!」

『おかえりなさい～』

ティアラローズたちが本の中から出てくると、優雅に紅茶を飲むキースと、心配で涙目になっていたエリオットと、本を観察する司書がいた。

エリオットの様子を見る限り、そこまで時間は経っていないようだ。

テーブルの上にも、ティアラローズたちが使っていたティーカップが置いてある。その横には、先ほどはなかった苺のショートケーキもあった。

「エリオット。私たちが本に入っている間、何か変わったことはなかったか？」

「いえ、特にありませんでした。時間は三時間ほど経ちましたが、その本は大人しかったですよ。途中でお菓子の妖精たちが苺のケーキを届けてくれたんです」

とっても美味しかったですと、エリオットがいい笑顔で答えてくれた。

そんなエリオットを見て、ティアラローズはケーキが気になってしまう。が、今はケーキを気にしている場合ではないので我慢だ。

「こっちは何事もなかったみたいで、安心しましたね」

「そうだね。私たちが無事に出られたということは──歴史書は完成したのか？」

アクアスティードが本を見ると、司書が『完成です！』と告げた。

完成までは数ヶ月単位で時間がかかるものかと思ったけれど、魔力で本を作ったので人間が一から本を作るのとは違うようだ。

司書が本を閉じると、花の蔦がしゅるりと本に巻き付いて鍵の役割をした。こうしておくことで、許可を得ていない他者が勝手に開けられなくなるようだ。

すると本は宙に浮き、頷くように傾いた。

〈魔力と知識の提供、感謝する。中身は完成したから、もう勝手なことはしない〉

先ほどとは打って変わり、歴史書はとても素直になっている。

「なら、わたくしたちはその言葉を信じるわ。いつの間にか、タイトルもついているものね」

ティアラローズたちが本に呑み込まれる前の表紙には何もなかったが、今は『マリンフォレストの歴史』と書かれている。本当に完成したというのが、見てわかった。

『本当は防犯のために蔦をつけてしまいたいんですけど……どうでしょう？』

〈窮屈なのは好きではない〉

『ですよね。わたしも意思のある本は初めてですが、勝手に拘束されていい気分にはならないと思います。ここがあなたの家になるんですが、いてくれますか？』

司書が本に尋ねると、〈大切にするなら問題ない〉と返ってきた。その返事に司書はもちろんティアラローズたちもほっと胸を撫でおろす。

オリヴィアはまじまじと本を見ながら、「本と呼ぶのはなんだか味気ないですわね」と腕を組んだ。ティアラローズも、確かに本と呼んでいたらほかのものと区別がつかず、わかりづらいなと思う。

——かといって、歴史書と呼ぶのも……。

なんというか、やはり味気ない。

すると、オリヴィアが「そうですわ！」と手を叩いた。

「生きている本ですし、魔導書のような感じで……『グリモワール』というのはどうでしょう？　ファンタジーの鉄板ですわ！」

「確かに呼びやすいですし、マリンフォレストでグリモワールと呼ばれているほかの本は見たことがないですね」

名案だと、ティアラローズはオリヴィアに同意する。そのままアクアスティード、キース、司書、エリオットを見ると、「いいと思う」と頷いてくれた。

〈ふむ。なかなかいい名ではないか〉

どうやら本——グリモワール自身も気に入ってくれたようだ。マリンフォレストの歴史書は、その名をグリモワールとした。

「ふー……。どうにか一段落、という感じですね」

『何を言っているんですか、ここからが本番ですよ！』

「え？」

ティアラローズが椅子に座ろうとすると、司書がぶんぶん首を振った。どうやら、まだやらなければならないことがあるようだ。

しかし何をすればいいか、ティアラローズにはわからない。

『グリモワールの中から、一般に触れていい部分を抜粋して新しい本を作るんです。誰でも読める、マリンフォレストの歴史書ですね』

「なるほど……。さすがにグリモワールを読める人は限られるからね。誰でも読める歴史書を、グリモワールを元に作るということか」

その方が安心だと、アクアスティードも納得する。

『その通りです』

ここからが楽しいんですと、司書はんへへへと笑う。新しい木の葉を何枚か摘んで、すでに本を作る準備を進めているみたいだ。

『グリモワール、素敵な本をたくさん作るので手伝ってもらっていいですか？』

〈ふむ……。まあ、いいだろう〉

『んへへ、ありがとうございます〜！』

司書はグリモワールを担ぐと、『作業してきま〜す』と奥の部屋へ行ってしまった。どうやら一人で作業するようで、ティアラローズたちは置いてけぼりだ。なんとも自由だ。

った。

そんななか、オリヴィアだけは「応援していますわ！」とキラキラした瞳で司書を見送った。

「お疲れでしょうし、お茶にしてはいかがですか？　お菓子の妖精のショートケーキもあることですし」

「ええ、そうしましょう。レヴィ、準備をお願いね」

「はい」

レヴィは頷くと、あっという間にお茶の準備をしてしまった。

お菓子の妖精のショートケーキは可愛い花が飾られていて、紅茶は砂糖の代わりに少量の蜂蜜が入れられている。

「わあぁぁ、美味しそう！　さすがはお菓子の妖精ね」

さっきまではオリヴィアを本の中に助けに行くなど大変だったけれど、スイーツが目の前に来たので苦労は水に流れてしまう。今はこのショートケーキを堪能するべきだ。

ティアラローズがニコニコ笑顔でケーキを食べていると、キースが「そうだった」とこちらを見た。

「さっきのごたごたで忘れてたが、作った指輪は早いうちにお菓子の家に置いてきた方がいいぞ。誰かに取られるようなことはないだろうが、ティアラだしな……。美味い菓子と交換してって言われたらあげちまいそうだ」

「キース！　いくらわたくしでも、そんなことはしないわ！」

確かに魅力的な提案ではあるが、美味しいお菓子は自分で作ればいいのだ。

世に出ていない、ティアラローズもまったく知らない新しいお菓子……と言われたらかなり心がぐらつくかもしれないが、そんなことはそうそうない。

「大丈夫だよ、ティアラ。私が一緒にいるから、万に一つも指輪が奪われるようなことにはならない」

「ありがとうございます、アクア」

ティアラローズがアクアスティードの言葉に頷くと、オリヴィアも「わたくしもティアラ様と指輪を守りますわ！　盗賊が来てもやっつけてやります！」と意気込んでいる。

さすがに盗賊が出ることはないだろうけれど、ティアラローズはお礼を告げて微笑んだ。

キースの城を後にしたティアラローズたちは、お菓子の家へやってきた。
陽はすっかり落ちて、辺りは暗くなっている。指輪を置いたら早く帰らないと、王城でルチアローズ、シュティルカ、シュティリオが寂しくしているかもしれない。

――見ていてくれているフィリーネにも迷惑をかけてしまうわね。

ティアラローズはお菓子の妖精に手を振った。

「少しお邪魔するわね」

『あ、王様～！』

今のティアラローズはお菓子の妖精王の猫の姿ではなく人間のままだが、お菓子の妖精たちは自分たちの王だと認識してくれている。

『お菓子の家へようこそー！』

『スイーツパーティーしよ～』

「スイーツパーティー⁉」

なんとも魅力的なお誘いに、ティアラローズの心がぐらっと揺れる。

お菓子の妖精がスイーツのパーティーと言うくらいなのだから、とっておきのスイーツが用意されているに違いない。

ティアラローズの足がふらふら～っとお菓子の妖精たちの方へ向かうと、「ティアラ？」と後ろから抱きしめられてしまった。

「残念だけど、スイーツパーティーをしている余裕はないよ」

「そんな……」

アクアスティードの言葉に、ガガーンとショックを受ける。せっかくのお菓子の妖精の招待だというのに、受けられないなんて……。

『ええ、駄目なの？』

『新作のお菓子もあるよ？』

「しんさくのおかし……」

思わず復唱してしまったけれど、ティアラローズは煩悩を払うかのように頭を振る。

「せっかくのお誘いはとても嬉しいのだけれど、今日は指輪を置いたら帰らないといけないの。時間も遅いでしょう？　ルチアたちが寂しがっちゃうわ」

『そっかぁ……』

『じゃあ、明日は⁉』

『あ、それなら新しいお菓子も用意できるし、クッキーも焼けるね！』

妖精たちはそう言って盛り上がりを見せて、『あのお菓子は？』『苺のやつね！』『あれは？』『世界一おっきなクッキーを焼こう！』と楽しそうな会話をしている。

ティアラローズたちが来る来ないどちらにせよ、明日のスイーツパーティーは妖精たちのなかで決定しているようだ。

オリヴィアとエリオットはすぐに手帳を取り出して、明日のティアラローズとアクアスティードの予定を確認する。

「明日は……ドレスの仮縫いがありますが、午前中なので問題はありません。お昼からでしたら、スイーツパーティーに参加可能ですわ！」

「アクアスティード様は午前中に視察が一件ありますね。ほかは書類仕事ですので、調整はつきそうです」

優秀な側近によって明日のスイーツパーティーが出席可能になってしまった。

ティアラローズとアクアスティードが顔を見合わせて微笑む。きっと、ルチアローズもシュティルカもシュティィリオも喜んでくれるだろう。

「それじゃあ、明日はお邪魔させてもらうわね」

『うん！　最高のお菓子を用意しておくよ！』

「ありがとう」

お菓子の妖精による最高のお菓子に、ティアラローズは胸の高鳴りが止まらない。早く明日になればいいのにと思い、ハッとする。

——わたくし、指輪を置きに来たんだったわ！

お菓子の妖精王としての大切な役目をこなさなければならないというのに、スイーツの魔力とはなんと恐ろしいのか。

ティアラローズはこほんと軽く咳払いをし、アクアスティードたちを見る。

「わたくしは指輪を設置してきますね」

「ああ。私たちはここで待っているから、時間を気にせず行っておいで」

「はい。ありがとうございます、アクア」

お菓子の妖精王の指輪を設置する部屋は、もう作ってある。

お菓子の家の屋根裏部屋で、部屋の窓からは王城を見ることができる位置だ。お菓子の妖精王とお菓子の妖精は、いつでもマリンフォレストのことを想っているということも伝わったらいいなと思う。

屋根裏部屋には、お菓子のはしごを登って行く。壁には可愛い丸窓と、丸太っぽく焼き上げたクッキーで屋根が作られている。部屋の中には指輪を置くための台座しかなく、がらんとしている。

お菓子の家の楽しく可愛い内装を見たあとだと、少し寂しく感じるかもしれないけれど——ここはこのままがいいと、ティアラローズは思う。

「……いつか、誰かがこの指輪を手にしてくれるのかしら？」

そう考えると、思わず笑みが零れる。

お菓子の妖精王の祝福を得た者だけが辿り着ける、秘密の場所だ。お菓子の妖精さえも、ここに来ることはできない。

なので、食べられてしまう心配もないのだ。

「ああでも、わたくしは誰にも祝福をしていないから……」

現時点では誰も辿り着けないのだったとティアラローズは苦笑する。でもきっと、いつの日か誰かに祝福を与えることもあるだろう。

妖精王が誰かに祝福を与えることは、本当に稀なことだから……。

ティアラローズはそっと台座に指輪を置いて、屋根裏部屋を後にした。

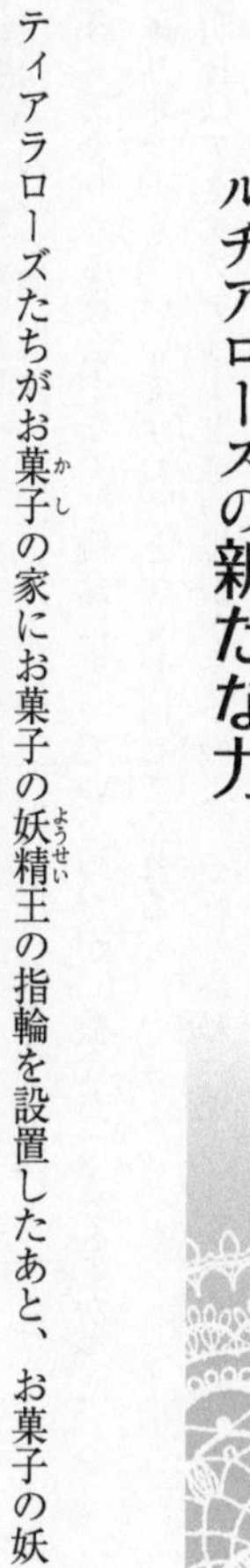

第四章　ルチアローズの新たな力

ティアラローズたちがお菓子の家にお菓子の妖精王の指輪を設置したあと、お菓子の妖精たちが明日のお菓子パーティーの招待状を届けにきてくれた。

その場にいたフィリーネやオリヴィアのものもあるので、みんなを招待してくれるようだ。

受け取ったエリオットは、「全員⁉　今日は残業して仕事を前倒しでやらないと」と青い顔をしていたが、アクアスティードやほかの人も総出で取りかかったので残業は免れた。

エリオットは、妻のフィリーネと息子のクリストア、遊び疲れて眠ってしまった娘のフインとエレーネを連れて馬車で屋敷へ帰った。

屋敷へ着くと、フィリーネはメイドに娘二人を預けて寝かせるように指示を出す。フィリーネはクリストアを抱っこしている。

「お疲れさまです、エリオット。明日はお菓子の家でのパーティー、楽しみですね」

「ええ。帰りが遅くなってしまってすみません、フィリーネ」

エリオットはフィリーネからクリストアを受け取り、「楽しかったか？」と高い高いをしてあげて、床におろす。

「あい！」

クリストアはにっこり微笑んで、大きく頷いた。

エリオットとフィリーネの第一子で、長男のクリストア。今日はルチアローズやシュテイルカとシュティリオと遊んでくれていた。年齢は双子の一つ下なので、二歳だ。

今はいろいろなことが楽しくて仕方がないようで、屋敷の中でも楽しく遊び回っている。

そのため、フィリーネはいつも気が抜けない。

フィリーネはしゃがんでクリストアと視線を合わせると、いいこいいこと頭を撫でる。

「明日はお菓子の家にご招待されたから、おめかししましょうね」

兄妹三人のお揃いで仕立てたものがあるので、それを着せてあげようとフィリーネは思う。あまり着る機会がなくて残念に思っていたのだが、機会ができてよかった。

エリオットも「いいですね」とすぐ賛同してくれる。

「明日はアクアスティード様の視察があるので、それが終わったら迎えにくるので家で待っていてくださいね」

「でも、迎えに来るのはエリオットが大変じゃありませんか？」

　フィリーネが子ども三人を連れて、直接お菓子の家に行っても問題はない。しかし、エリオットは首を振った。

「妻のエスコートは夫の特権なんですから、その機会を奪わないでください」

「――！」

　少し拗ねた様子で言うエリオットに、フィリーネの頰が染まる。だってまさか、そんなことを言われるとは思わなかったからだ。

　エリオットはフィリーネと子どもをとても大切にしてくれるけれど、やはり仕事が忙しい。フィリーネもエリオットの負担にならないようにと、心掛けてきた。なので、こういったエリオットの気遣いのような、独占欲のようなものがとても嬉しい。

　頰を染めるフィリーネを見て、エリオットも顔が赤くなる。まさかそこまでフィリーネが反応するとは思わなかったのだ。

「フィリーネ……」

　エリオットはゆっくり手を伸ばして、フィリーネの頰に触れる。わずかに熱くなっていて、それだけで心臓の鼓動が早くなったのを感じた。

「あ！　ええと、エリオット……その……」

　フィリーネも同じように鼓動が早くなるけれど、フィリーネの足元にはクリストアがいるのだ。きょとんとした顔で、こっちを見上げている。そのせいで、フィリーネは恥ずかしくてさらに顔が赤くなった。

エリオットもフィリーネの言わんとしていることに気づいたようで、目がしまったと言っている。

「私たちは部屋へ戻ってからゆっくりすることにしましょう」

「……っ、はい」

フィリーネはほっと胸を撫でおろすもさらに顔を赤くしつつ、エリオットの提案に頷いた。

「夕食は王城でいただきましたから、クリストアはお風呂に入ってしまいましょう。エリオット、お願いしてもいいですか？」

「もちろんです」

「ありがとうございます。わたくしはその間に、明日の手土産の準備をしておきますね」

「すみません、お願いします」

クリストアと一緒にお風呂へ向かうエリオットを見送り、フィリーネはコーラルシア家の執事を呼んで明日の手土産の準備を進めた。

「お母さま、早く、早く～！」

「そんなに急がなくても大丈夫よ、ルチア」

馬車から飛び出したルチアローズは、ティアラローズの制止も聞かずお菓子の家へ向かって一直線に走り出した。

その後を、「待って～」とシュティルカとシュティリオが追いかける。

すぐにお菓子の家からお菓子の妖精たちが出てきて、『いらっしゃいませ～！』と子どもたちを迎え入れてウェルカムお菓子の詰め合わせを渡してくれている。

「ふふ、至れり尽くせりですね」

「そうだね。ルチアたちも嬉しそうだ」

ティアラローズとアクアスティードが馬車から降りて話をしていると、二台目、三台目の馬車がやってきた。乗っているのはオリヴィアと、その後ろはフィリーネたちだ。

「はあぁぁ、お菓子の家！　また進化しているわ!!」

オリヴィアは最初からテンションマックスで、お菓子の家がどんな風に進化したのか確認しているようだ。きっと記録を取ってまとめるのだろう。

マリンフォレストの知識量でオリヴィアの横に並べるものはそうそういない。歴史書作成に協力したこともあり、オリヴィアはグリモワールを自由に読む権利も有している。

「オリヴィア、窓枠がマーブルチョコレートになっていますよ」

「本当だわ!! とっても美味しそうね」

レヴィがスケッチしながら、お菓子の家がどのように変わったのか検証している。これはなかなか時間がかかりそうだ。

そんなオリヴィアとレヴィを微笑ましく見ながら、フィリーネたちが馬車から下りてきた。フィリーネはクリストアと手を繋ぎ、エリオットにエスコートしてもらっている。

「わあ～おっき！」

クリストアはお菓子の家を見上げて、大きく口を開けている。すると、その隙をついたお菓子の妖精がクリストアの口にボーロをひょいっと投げ込んだ。

「ん！ おいし！」

『美味しいでしょ～！ こっちにおいでよ！』

「うん！」

お菓子の妖精が集まってきて、クリストアをお菓子の家の中へ連れて行ってくれた。きっとルチアローズたちのところに案内してくれたのだろう。

フィリーネは馬車からフィンを抱っこして、エリオットはゆりかごで寝ているエレーネを連れだした。

ティアラローズはフィリーネのところへ行き、「待ってたわ」と微笑む。

「二人ともぐっすり寝ているのね」

「はい。移動中にずっと寝てくれていたので、わたくしは助かりました」

「そうね」

馬車の中でぐずって大泣きしては大変なので、ティアラローズとフィリーネは二人で笑い合う。以前、ルチアローズが馬車の中でぐずってしまったときは大変だったのだ。

二人が話していると、お菓子の妖精と森の妖精がやってきた。

『いらっしゃい！』

『ようこそ！』

「お招きいただきありがとう」

ティアラローズとフィリーネが妖精たちに挨拶すると、中から賑やかな声が聞こえてくる。

「行きましょう、フィリーネ」

「はい」

アクアスティードとエリオットも一緒に中へ入ると、ほかにもキース、クレイル、パールの三人と、空と海の妖精もいた。どうやらお菓子の妖精たちは、みんなを招待したようだ。

想像より規模の大きなスイーツパーティーに、ティアラローズは目をぱちくりさせる。お土産にケーキを持ってきたけれど、この人数では足りない――そう思いかけて、テーブルの上にあるたくさんのケーキが目に入ったのでいらぬ心配のようだと苦笑する。

お菓子の妖精が言っていた大きなクッキーは、まるでオブジェのように壁に飾られていた。とてもではないが、一人で食べきれる大きさではない。

テーブルの上には、ケーキやクッキー、マドレーヌにチョコレートなど、様々なお菓子が並んでいる。それどころか、新しいものもどんどん作っているようだ。

ティアラローズはたくさんあるお菓子にわくわくした。

『グリモワール完成パーティー！』

『楽しんでいってね！』

「え、グリモワールの完成パーティーだったの？」

思いがけない妖精の言葉に、ティアラローズは聞き返す。すると、森の妖精と一緒に司書がやってきた。

『んへへ、わたしが話しました！　差し入れてくれたショートケーキのお礼をしに来たときに、無事に完成したことを伝えたら……今日のスイーツパーティーでお祝いしてくれるって』

「そうだったの」

司書の言葉を聞いたお菓子の妖精は、うんうん頷いている。

『わたしたちの王様が頑張ったんだから、パーティーしなきゃ！』

『大事な指輪だって完成したもんね！』

『一件落着？』

『そうそう！』

妖精たちは互いに情報交換し、今日のスイーツパーティーをグリモワール完成、一件落着お疲れさまスイーツパーティーにしてくれたようだ。

ティアラローズはアクアスティードやエリオットたちと微笑み合って、改めて司書と妖精たちに礼を述べる。

「ありがとう、今日は楽しませてもらうわね」

『お礼を言うのはわたしたちです。歴史書……グリモワールのために力を貸していただき、ありがとうございました。これからもしっかり書庫の管理をしますから、いつでも遊びにきてくださいね』

「ええ」

司書の言葉に頷き、遊びに行く約束をした。

それから、ティアラローズは「そうそう」と準備していたものを妖精たちに差し出す。

「お土産のケーキよ。これもみんなで食べましょう」

「わたくしとエリオットからは、果実の紅茶です。甘さ控えめなので、お菓子に合うと思います」

『わあ、ありがとう！』

お菓子の妖精がティアラローズとフィリーネからお土産を受け取ると、それもさっそく並べ始めた。テーブルの上はもう置き場もないほどお菓子で埋め尽くされている。

そのとき「お邪魔します」とオリヴィアが中に入ってきた。どうやらお菓子の家の外観の考察とスケッチは無事に終わったようだ。

しかし先ほどとは違って、レヴィが麻布で包まれた大きなものを背負っている。その高さは、レヴィの身長よりも大きく、軽く二メートルを超えている。

——何かしら？

お菓子の妖精だけではなく、森、空、海の妖精たちも『大きい～』と荷物の周りに集まってきた。

「これは本日ご招待いただいたお土産ですわ。どうぞ受け取ってくださいませ」

『ありがとう！』

オリヴィアが合図をすると、レヴィが麻布を取ってその中身を見せた。

『わあああぁぁ～!! これは最高の栗!!』

『お菓子の材料になるね！』

すぐに森の妖精とお菓子の妖精が歓声をあげた。——そう、レヴィが背負っていたのは栗の木だった。

——木を手土産にするなんて聞いたことないわよ⁉

ティアラローズは目を見開いて驚くが、オリヴィアは誇らしげに胸を張っている。

「この栗の木は、とても大きな実をつけるのです。材料に使ったら、それはもうほっぺが落ちるほど美味しいモンブランができますわ！」

『おぉ～！』

お菓子の妖精たちから盛大な拍手が起きた。どうやら、手土産の中で一番喜ばれたのはこの栗の木だったようだ。

『お菓子の庭に植えよう！』

『こっちこっち！』

「はいっ！」

お菓子の妖精と森の妖精に手招きされて、オリヴィアとレヴィは庭へ出ていった。

「なんというか……オリヴィア様の規格外さにはいつも驚かされますね」

「そうだね」

ティアラローズとアクアスティードは賑やかな様子を見て、くすりと笑った。

「アクア、いい酒を持ってきたぞ！　花びらと果実から試行錯誤して作ったんだ」

キースが軽く手を上げてアクアスティードを呼んだ。その手にはキースが告げた通りお酒の瓶があった。細くお洒落な造りで、花の蓋がついている。

それを見たパールが「はあぁ～」と呆れた様子を見せた。

「菓子なのだから、タピオカミルクティーに決まっておろう！　まったく、酒を飲むとはわかっておらぬの」

「お前こそ、おこちゃまで酒のよさがわからないんだろうよ」

「なんじゃと⁉」

パールはキースの物言いに目を見開いて、「そんなわけなかろう！」と花酒をグラスに注いで一気に飲み干した。

「これくらい余裕じゃ！」

「パール！」

クレイルが慌てて水を用意してパールに飲ませようとしているが、すでに顔が赤い。

「あのな、一気に飲んだら楽しめないだろ。クレイル、酒の飲み方くらい教えてやれ」

「そうだね」

キースに言われて、クレイルは苦笑する。パールにお酒を飲ませようと思ったことはなかったのだけれど、この先もこんなことがあってはたまらない。

クレイルはパールと一緒に飲むためにいいお酒を用意しようと決めた。

「あそこに混ざるのは大変そうだ」

「あはは……」

　アクアスティードがやれやれと苦笑したので、ティアラローズも苦笑で返す。お酒は美味しそうだけれど、今は間違いなく酔ったパールに絡まれるだろう。

　ルチアローズたちはどうしているのだろう？　と視線を動かすと、お菓子のキッズスペースのようなところができており、そこで遊んでいた。

　いるのは、ルチアローズ、シュティルカ、シュティリオ、クリストアの四人だ。

　近くにはボールやガラガラなどのおもちゃが用意されていて、何人かの妖精が一緒に遊んでくれているようだ。

　すぐ横には子ども用の小さなテーブルと椅子があって、その上には一口サイズのケーキやカットフルーツが用意されている。子どもが食べやすいようにと、お菓子の妖精が食材や大きさを気にかけてくれたみたいだ。

「ふはは、騎士ルチアローズは悪を許しはしないのだー！」

「うわあぁぁ」

　ルチアローズが剣を振り回す仕草をすると、シュティルカたちが「やられた～」と言って倒れ込んだ。どうやら騎士ごっこをしているみたいだ。

「うう、エレーネ姫はわたさないぞ～！」

「姫は返してもらう!」

どうやら、ゆりかごで寝ているエレーネを勝手にお姫様役にしているらしい。今はエリオットが抱えていて、姫役になったエレーネを思わず見ている。

しばらくすると疲れたのか、ルチアローズたちは小さなテーブルでお茶を始めた。仲良く美味しそうにケーキを食べている。

「子どもたちは楽しそうに遊んでいるわね」

「ああ。私たちもお菓子をいただきながら、ゆっくりしようか」

「はい」

アクアスティードの言葉に頷いて、ティアラローズはエスコートされながら妖精たちが用意してくれた席についた。

美味しいお菓子を食べて、パーティーは夜まで続いていく。

とっても楽しいパーティーは、時間が経つのもあっという間だった。

子どもたちは疲れて花のベッドで寝てしまい、花酒を一気に飲んだパールは酔いつぶれてクレイルの肩にもたれかかってすやすや眠っている。

キースはお菓子をつまみに花酒を飲んでいたけれど、今はのんびり花茶を楽しんでいる。クレイルをからかって遊んでいるようだ。

オリヴィアは瞳をキラキラさせて、お菓子の妖精と話している。今まで森、空、海の妖精たちには嫌われていたので、楽しくて仕方がないのだろう。感動の涙が見える。

残念ながら、今もお菓子の妖精以外はオリヴィアの近くにはいないけれど……。

レヴィはそんなオリヴィアの横でニコニコしている。

フィリーネとエリオットは「お腹いっぱいですね」と苦笑し合って、寝ているフィンとエレーネの頭を優しく撫でている。

クリストアはルチアローズたちと一緒に寝ていて、今は楽しい夢の中だ。

――すごい盛り上がりだったわね。

みんなの様子を見たティアラローズは、くすりと笑う。

グリモワールのことやオリヴィアの知識量の話はもちろん、今度はどんなスイーツが流行るだろうとか、森の様子はどうだとか、いろいろな話をした。

隣を見ると、アクアスティードも頬を緩めて子どもたちの様子を見ている。

「アクア」

「ん？　どうしたの、ティアラ」

ティアラローズが小声で呼びかけると、アクアスティードも小声で返事をしてくれる。

「子どもたちは妖精が見てくれていますし、みんなゆっくりしているので……少し席を外しませんか？」

くいっとアクアスティードの袖を引くと、「もちろん」と了承の返事が返ってくる。アクアスティードは「どこへ連れて行ってくれるの？」と、なんだか楽しそうだ。

「着くまで内緒です」

ティアラローズとアクアスティードは、パーティー会場をこっそり抜けだした。

盛り上がっているので、二人がいなくなっても誰も気づきはしない。

クッキーのドアを開けて廊下を進んでいくと、二階へ上がる階段があった。ティアラローズは「こっちです」とアクアスティードと手を繋いで上がっていく。

二階の一番奥、廊下の突き当たり。

しかしそこには、アクアスティードから見れば壁しかない。ここに連れてきたかったのだろうかと、不思議そうに首を傾げた。

「お菓子の妖精王……わたくしが許可した人だけが入れるんです」

ティアラローズがそう言うと、何もなかった壁に薄っすら扉が浮かび上がってきた。ここに扉があると意識しなければ、気付くこともできない。

「こんなこともできるのか、すごいな」

感心するアクアスティードの声に、ティアラローズは「頑張りました」と微笑む。

「さあ、どうぞ。ここは――わたくしとアクアの部屋です」

みんなには内緒ですよと、ティアラローズは悪戯(いたずら)が成功した子どものように告げる。この場所は、お菓子の妖精だってそう簡単には気づかない。

「私たちの？」

「はい。……誰も知らない、わたくしとアクアしか入れない部屋です」

部屋の中は、壁などはお菓子で作られているが、花のソファに葉のテーブルが置かれ、ティアラローズの花が飾られている。

窓からは海が見えるので、仕事を忘れてゆっくりすることができるだろう。

王城でも二人きりの時間はたくさんあるけれど、たまにはこんな雰囲気(ふんいき)があってもいいのでは？　と、ティアラローズは思ったのだ。

子どもたちや外の様子がわからなくて不安に感じるかもしれないけれど、この中にいる限り何かあってもお菓子の妖精王であるティアラローズにはすべてわかるのだ。猫(ねこ)の姿の方が感じ取りやすいけれど、人間のままでも問題はない。

アクアスティードは部屋の中を見回して、いろいろ見ている。

「なんだか秘密基地みたいだね」

「楽しいですね、それ」

ティアラローズとアクアスティードしか知らない秘密基地。自分の好きなものを持ってきて、のんびりした時間を過ごすような、そんな場所。

「アクアはここに何か置きたいものはありますか？　好きなものとか、家族の思い出があるものでもいいですね」

自分だったら何を置くだろうと、ティアラローズも考えてみる。

ラピスラズリからお嫁に来るとき一緒に持ってきた装飾品を飾ってもいいし、家族揃って描いてもらった姿絵を壁にかけるのもいいだろう。

キッチンはお菓子の家に備え付けられているので、たくさんの茶葉を揃えてみるのもいいかもしれない。森の妖精に頼んで花のお茶を用意したり、パールにもらった珊瑚茶も置いておきたい。

ティアラローズがそんな想像をしていると、アクアスティードが「楽しいね」とティアラローズの手を引いて花の椅子に座らせた。

「考え出すと止まらなくなってしまいますね。秘密基地は子どもの特権のような気がしていましたが、大人でも十分わくわくしますから。未来に行ったとき、ルカとリオも森の中に秘密基地を作っていたんですよ」

木で作った食器を使っていて、手作りの温かさを感じることができた。ここも、アクアスティードと二人でそんな空間にできたらいいなと思うのだ。

「私は……そうだな、好きな本を並べるのもいいかもしれないね」

「本！　いいですね。わたくしも大好きです」

「今より子どものころの方が読んでいたかな。最近は資料ばっかりだったから、これを機にここで読書するのも楽しそうだ」

この世界の本はほとんどがハードカバーで、装飾が凝っている。その分、量産はあまりできないけれど、本の収集が趣味だという人も一定数いるはずだ。

今は森の書庫の葉の本も、司書が貸し出しできると言っていたので借りて来て読むのもいいかもしれない。

――本を読むのなら、おともにスイーツと紅茶が必要ね。

やはり茶葉を揃え、冷蔵庫のようなものを用意しておくのもいいかもしれない。冬は温かい紅茶で、夏は冷えたアイスティー。冷凍庫を用意して、アイスを作るのも楽しそうだ。

ティアラローズがいろいろ考えていると、ふと視線を感じた。顔を上げると、アクアスティードにじっと見られていた。

「！　アクア？」

「いや、ティアラが何か考えている様子を見るのは楽しくてね」

ついつい見つめてしまうのだと言って、アクアスティードは笑う。

「アクアと一緒に楽しい読書時間を過ごすために、いろいろと考えていたんですよ？　それなのに、アクアはわたくしを見ていたなんて」

ティアラローズが頬を膨らませて文句を言うと、アクアスティードは「ごめんごめん」と体をかがめてティアラローズの額にキスをする。

「ティアラは何時間でも見ていられるし、飽きないから不思議だ」

「もう……。わたくしだって、何時間だって飽きずにアクアを見ていられますよ？」

それはグリモワールの中で何度も思ったことだ。赤ちゃんのアクアスティードはとっても可愛らしく、永遠に見ていたいほどだった。

今度こっそり一人で堪能しに行くのはどうだろうか？　ティアラローズがそんなことを考えていると、アクアスティードが両手で頬をむぎゅっとしてきた。

「ティアラ？」

何を考えていたんだ？　というアクアスティードの視線で、自分が考えていることがバレバレだとティアラローズは悟る。

「アクアはわたくしの心の中が読めるのですか？」

「読めたら、ティアラがどこにも行かないように閉じ込めてしまいそうだよ。私のお姫様は、突然どこかへ行ってしまうからね」

「う……」

以前、妖精王の指輪を求めて王城から抜け出した前科があるので反論ができない。昨日だって、オリヴィアを助けるためにグリモワールの中へ飛び込んだりした。

——心の中を読まれていたら、きっと大変だったわね。

今となっては懐かしい出来事に、ティアラローズはくすりと笑う。が、アクアスティードとしてはハラハラして気が気ではなかったのだが……。

「まったく。ルチアもティアラに似て、どこへでも飛び出してしまいそうだ」

「将来の夢は騎士ですからね。アクアの娘ですから、きっと剣の扱いも上手くなります。わたくしは、運動はあまり得意ではありませんから……」

前世からお菓子作りや乙女ゲームにばかり時間を使っていたので、多少は体を動かしたりはしたが、自分から進んで運動の時間を取ったりはしなかった。

なので、運動神経だけは自分ではなくアクアスティードに似てほしいと心の底から思っている。

アクアスティードは顎に手を当てて、これからは必要なことが多くなるなと告げた。

「今はメイドに任せているが、ルチアの侍女や側近も必要になってくる。とはいえ、侍女に関してはエリオットとフィリーネの娘にお願いするのがいいだろうね」

「そうですね。ルチアの希望が一番ですが、クリストアとは仲良しですし、フィンやエレーネのことも可愛がっていますから。成長を待って、ついてもらえばいいと思います」

ティアラローズとアクアスティードが人選して侍女や側近を選んでもいいけれど、それはもっとルチアたちが成長してからでいい。

ただ、護衛騎士に関してはアクアスティードが選んでいて、いつも少し離れたところで待機してくれている。王城の中とはいえ、何があるかわからないからだ。

「三人の成長が楽しみだね」

「はいっ」

頷いて、ティアラローズはゆっくり両手を伸ばす。そのままアクアスティードの首に抱きついて、頬をすりよせる。

子どもたちの話ももちろん楽しいけれど、二人の時間をもう少し堪能したい。そんな風に思ったティアラローズなりのアプローチだ。

「髪がくすぐったいね」

アクアスティードはそう言いながらも、ティアラローズの両サイドに手をついて顔を近づけてくる。ティアラローズは目を閉じてそれを受け入れて、抱きしめる腕に力を込める。

「ん……」

甘い吐息が部屋に響くけれど、ここにいるのはティアラローズとアクアスティードの二人だけだ。

子どもと一緒に寝ていたときは、いつ目を覚まされてしまうかとドキドキしっぱなしだった。それがないのはちょっと寂しいような気もしたけれど……思う存分甘えられるのはやっぱりいいものだとティアラローズは頬を緩ませた。

「可愛い、ティアラ」

「アクアも格好いいです」

いつもと違うシチュエーションは、どうしてもドキドキしてしまう。

――アクアをびっくりさせたくて部屋を作ったけれど、少し大胆過ぎたかしら。

そんな心配もしてしまう。

――でもでも、アクアと二人きりで過ごせる大事な場所だもの。

もちろんいちゃいちゃしたいという気持ちもあるけれど、それは恥ずかしいので口には出さない。行動で示したばかりなのでアクアスティードにはバレバレだけれど。

ふいに、アクアスティードがティアラローズの手を取った。ゆっくり指を絡められると、そこから体温が伝わってくる。

「ティアラの手、少ししっとりしてる」

「――！　こここ、これはっ！」

ドキドキしたせいで、手が汗ばんでしまったらしい。ティアラローズが慌てて手をほどこうとするが、アクアスティードはぎゅっと握りしめてきて離してくれない。

「離してください、アクア！」

――こんなの恥ずかしすぎるわ!!

ティアラローズが涙目で主張するも、アクアスティードは意地悪そうに「だーめ」と笑う。これはどうあがいても離してくれない顔だ。

「ドキドキしちゃった……？」

そう言って、アクアスティードはティアラローズの手を自身の口元へ持っていきその甲へ軽くキスをし、頬を擦り寄せる。

「私はティアラのことを近くで感じられるから、好きだよ？」

くすくす笑いながら、気にすることないし、なんならいつでも大歓迎とまで言われてしまう。

「そんなことを言うのはアクアくらいです」

「私以外に、こんな可愛いティアラを見せるつもりはないからね」

「……もう」

この旦那様には敵いそうにないと、ティアラローズは白旗を上げたのだった。

〈むぅ……。書庫に一人でいるというのは、思ったよりも暇なのだな〉


森の書庫では、保管されているグリモワールがため息をついていた。

司書がいるときは話し相手になってもらっていたのだが、今はお菓子の妖精に招待されたパーティーへ行ってしまっている。

そのため、グリモワールは森の書庫にひとりきりなのだ。

一応森の妖精たちは何人かいるが、グリモワール的には妖精のレベルは低すぎて話が合わないとかなんとか。

〈しかし、せっかく意思を持ったのだから何かしたいな……〉

本棚に収納されているだけではもったいないのではないか？　と、グリモワールは考え始める。

自分の役目はマリンフォレスト王国の歴史書だ。

しかしその歴史は長く、様々な知識が自分の中に蓄えられている。

その中でも特に珍しいものは、妖精という存在だろうか。

マリンフォレストにしか存在せず、他国では見ることのできない存在だ。逆に、精霊はマリンフォレスト以外の国で暮らしていることが多い。

〈魔力はたっぷりあるから、魔法を使うことはできそうだが……〉

グリモワールは、〈うぅむ〉と考え込む。

〈これといって使いたい魔法もないな。火を使って書庫の本が燃えてしまっては大変だ〉

誰かが自分の使い手にでもなってくれたらいいのに……そんな風に考えながら、グリモワールは静かな書庫で寂しそうに息をついた。

「ティアラローズ様、本日は比較的ゆっくり過ごせそうですわ」

お菓子の家のパーティーからしばらくして、オリヴィアが嬉しそうに告げた。

ここ最近はパーティーや歴史書の手伝いがあったことで、ティアラローズもアクアスティードも普段より忙しかったのだ。

オリヴィアの言葉に、ティアラローズは頷いた。

「ええ。今日はルチアたちと一緒に遊んだり、お菓子作りをするのもいいかもしれないわね」

庭園を散策したり、ルチアローズたちの遊びに付き合うのもいい。もし騎士の鍛錬を見たいのであれば、タルモに案内してもらうこともできる。

しかし、オリヴィアは別に目的があるみたいだ。「あの……」と両手の人差し指を合わせてもじもじしながら言葉を続けた。

——何かやりたいことがあるのかしら？

珍しいと思いながら、ティアラローズはオリヴィアの話を聞く。

「わたくし、森の書庫へ行きたいのです」

「書庫に？」

行きたい行きたい行きたいと、オリヴィアの顔に書いてある。確かにあそこにはいろいろな記録があるので、ゲーマー心をくすぐられる場所だ。

「一人で行けたらよかったのですが、わたくしは悪役令嬢で……森の妖精たちに好ましく思われていませんから」

「オリヴィア様……」

森の書庫に入る許可はあるけれど、オリヴィアとレヴィの二人で行ってキースや森の妖精たちに迷惑をかけたり不興を買ったりしたくないのだと眉を下げた。

——特に用事もないし、ルチアたちを連れて書庫へ行くのもいいかもしれないわね。

キースの王城にはお菓子用のキッチンもあるし、森の妖精たちもルチアローズたちが大好きでよく一緒に遊んでくれる。

「ルチアたちも誘って、一緒にキースのところへ行きましょう」

「ありがとうございます、ティアラローズ様！」

ぱあああっと表情を明るくして、オリヴィアが「すぐに確認してまいります！　レヴィ！」と言って部屋を出ていった。

「ふふっ、オリヴィア様がいるととっても賑やかね」

ティアラローズはくすりと笑って、お土産に持っていくお菓子を用意しながらオリヴィアが戻るのを待った。

「こういった準備を進めるのは、なんとも嬉しいものですね」

「そうだな」

アクアスティードの執務室では、ちょうど仕事が一段落したところだった。エリオットが最後の書類を見ながら頬を緩めている。

書類をしまったところで、室内にノックの音が響いた。

「オリヴィアです」

「どうぞ」

アクアスティードが許可を出すと、すぐにエリオットが扉を開けてオリヴィアを招きいれる。もちろんレヴィも一緒だ。

「お仕事中、失礼いたします」

「構わないよ。どうしたんだ？」

「森の書庫へ行きたく、その許可をいただきにまいりました」

「書庫へ？」

オリヴィアは自分が書庫の本を読みたいけれど、妖精たちに好かれておらず行きにくいため、ティアラローズがルチアローズたちと一緒に行ってくれることになったと理由を説明した。

アクアスティードはすぐに納得して、視線をエリオットに向ける。仕事量やスケジュールはエリオットが管理しているので、彼の確認が必要だ。

「一段落して少し休憩しようとしていたところですが、本日中に終わらせてしまいたい書類があるので……あとで合流するかたちはいかがでしょう？」

「……仕方ない、そうするか。オリヴィア嬢、レヴィ、ティアラたちをよろしく頼む。子どもたちも連れて行ってくれるんだろう？」

「はい！　この後、声をかけてティアラローズ様の下へ戻ります」

ありがとうございますと一礼し、オリヴィアはアクアスティードの執務室を出た。

オリヴィアが出ていくのを見送って、アクアスティードはぐぐっと伸びをする。お茶を飲みながら少し長めの休憩をしようと思っていたが、森の書庫へ行くために仕事を進めることにした。

「そこまで量は多くありませんから、急いで終わらせてしまいましょう」

「ああ。付き合わせてすまないな、エリオット」

「いえいえ」

慣れていますから問題ありませんと言って、エリオットは笑った。

森の書庫では静かな時間が――流れてはいなかった。

〈むう、私も菓子が食べたいぞ〉

「本が喋(しゃべ)った！　クッキーをどうぞ」

『花茶もあるよ～』

一番奥に収納されていたグリモワールは、書庫内であれば自由に動けるようになっていた。ひとりきりでいるのは寂しかったようなので、キースや司書が許可したらしい。

アクアスティードたちは後で合流するので、ティアラローズ、オリヴィア、レヴィ、ルチアローズ、シュティルカ、シュティリオの六人でやってきていた。

グリモワールはティアラローズがお土産に持ってきたクッキーの周囲を飛び回って、うらやましそうにしている。

そんな騒がしい雰囲気だが、オリヴィアは一切気にすることなく読書に熱中し始めた。オタクの集中力はすさまじい。

ルチアローズはグリモワールと森の妖精たちと遊んでいるので、ティアラローズはシュティルカとシュティリオに葉の本の絵本を読んであげることにした。二人はキースの膝の上に座っている。

「なんの本を読むんだ？　ここは記録ばっかりで、絵本なんてあったか……？」

『ありますよ！』

キースの疑問に答えたのは、もちろん司書だ。

そして数冊の絵本を持ってきてくれる。『妖精の大冒険』『美味しいお菓子の作り方』『友達のハリネズミさん』だ。

「お菓子の作り方……？」

ティアラローズは気になった一冊を手に取り、わくわくしながらページをめくる。

妖精たちは食事の必要がないため、ティアラローズに会うまでは何かを食べるという習慣がなかった。その妖精たちの料理の、しかもお菓子の本！　気にならないわけがない。

ぱらぱらめくって中身を見たティアラローズは、目を瞬かせて驚いた。

「これ……わたくしがここで作ったことのあるお菓子なんですが」

「ああ、ティアラの菓子レシピか」

キースが「そういや作ったな」と笑う。

自分が知らない森のお菓子が載っているのかもと思ったので、ちょっとだけ残念だ。とはいえ、こうして本にまとめているのなら、お菓子好きの森の妖精が誕生してパティシエになる未来もそう遠くはないかもしれない。

「作っているときにわからないことがあれば、いつでもお手伝いさせていただきます！」

「つっても、誰も作ってないけどな……そもそも妖精たちは本を読まないぞ？」

「なんと……」

せっかくレシピ本があるのに、妖精たちは本を読まないらしい。パティシエな森の妖精が誕生するのではと期待したので、非常に残念だ。

そういえば書庫へ足を運んだときに、森の妖精が読書をしている姿は見たことがない。今だって、ルチアローズと一緒に遊んでいる。お菓子作りの前に本を読ませるところから始めなければいけなかったらしい。

——まずはお菓子のイラスト集からの方がいいかしら？

なんて、森の妖精パティシエ作戦を脳内で考えてしまった。

「絵本は～？」

「そうだったわね。ごめんなさいね、ルカ、リオ。絵本を読みましょうか」

ティアラローズは『友達のハリネズミさん』という絵本を手にして、葉のページをめくっていく。可愛いイラストと、短い文章がついている。

シュティルカとシュティリオの目は本に釘付けになっていて、早く読んで！　と訴えているのがわかる。

「……森の妖精が遊んでいると、一匹のハリネズミに出会いました」

このお話は、森の妖精がハリネズミと友達になって、一緒に森を探検するという内容だ。

普段は空を飛んでいる妖精が、ハリネズミと一緒に地面を歩いて、いつもと違う視点で森を見ていろいろな発見をしていく。

ハリネズミのご飯である木の実を分けてもらったり、川の浅瀬で水を飲んだり……楽しくて、日が暮れるまであっという間だった。そして妖精は、友達がとってもいいものだと笑顔になりました――そう締めくくられていた。

「お友達と遊ぶのは楽しいですからね。二人も、クリストアと遊んだりするでしょう？」

「うん！」

「楽しいよ！」

ティアラローズの言葉にシュティルカとシュティリオは何度も頷く。

シュティルカとシュティリオは盛り上がって、森に遊びに行くのだと嬉しそうに話す。

それを見たキースは、二人の頭を撫でる。

「なら、そのときは妖精たちも連れていけ。森の中は得意だから、いろいろ教えてくれるはずだ」

「うん！」

キースの言葉に、シュティルカとシュティリオの言葉が重なる。二人は「いついく？」と相談しているので、すぐにでも行きたいみたいだ。

「ありがとう、キース」

「別にいいさ、これくらい。あいつらもルカとリオが好きだからな」

もちろん俺もと付け加えて、キースはくつくつ笑う。

「そういや、今日はいつまでいられるんだ？　お前たちは妖精と違って、飯が必要だろう？」

そう言いながら、キースはちらりとオリヴィアへ視線を向ける。微動だにせず本を読んでいるので、まだまだかかりそうだ。というか、今日一日では読み終わらないので定期的に通うことになるだろう。

ティアラローズはどうするべきか考える。

――アクアがあとから合流すると言っていたから、夕食の時間までには王城へ帰れそうだけれど……。

キースの城で夕食を取るのもいいのでは？　と思ったけれど、残念なことにここには料理人もいなければ食材もない。あるのはティアラローズが好きなお菓子の材料くらいだ。

「差し支えなければ、私がご用意させていただきます」

「レヴィ？」

「オリヴィアは本に夢中です。ずっと森の書庫へ来るのを楽しみにしていたので、可能であればギリギリまで堪能させてあげたいのです」

レヴィが王城へ一度戻り、料理などを準備すると提案してくれた。ここは森の妖精王キースのテリトリーなので、安全面も問題はないと判断したようだ。

「その際に、アクアスティード陛下の様子も見てまいります」

「なら、レヴィにお願いするわ」

「お任せください」

ティアラローズがレヴィに許可を出すと、一礼して森の書庫から出ていった。

王城にあるアクアスティードの執務室では、やっと仕事が終わったところだった。窓の外を見ると、夕日が沈む少し前といったところだろうか。

「ティアラローズ様が待ちくたびれているかもしれませんね」

「そうだな。……お菓子でも持っていこうか」

「それはいいですね」

アクアスティードの提案に頷いたエリオットがお菓子の手配に動こうとしたのだが、その前にレヴィがやってきた。手には食材の入ったカゴを持っている。

「レヴィ？」

「失礼します。一度許可を得て、森の城から戻って参りました」

そう言って、レヴィはティアラローズたちの様子をアクアスティードに伝えた。

「本日の夕食は、私が森の妖精王の城で作らせていただければと思っております。陛下のご準備が問題なければ、ご一緒させていただきたく」

「夕食を？　わかった。同行を許可する」

「では、急いで支度をしますね」

アクアスティードがレヴィに許可を出すと、すぐにエリオットが準備をし始めた。書類を揃えて棚にしまったりするのだが――レヴィの突き刺さるような視線に気付く。

「ええと、何か？」

「……いえ。そろそろでは？　と、個人的に思ったものですから」

「そろそろ……ですか」

どこか圧のあるレヴィの言葉に、エリオットの頬が引きつる。内心では、どうしてわかったんだ⁉　と、とてつもなく焦っている。

睨み合うような二人を見て、アクアスティードはやれやれと肩をすくめた。

「きちんと動いているからそう睨みつけるな、レヴィ」

「それは何よりです。差し出口を失礼いたしました」

頭を下げるレヴィに、これと四六時中一緒にいられるオリヴィアはすごいな……と、アクアスティードとエリオットは思ってしまった。

〈ほほう、姫は騎士になりたいのか！〉
「そうなの！　とっても格好いいでしょ？　わたしがお母さまとお父さまを守ってあげる

の。もちろん、ルカとリオも！」

〈まだ幼いのに、心意気がよいな〉

ティアラローズがシュティルカ、シュティリオ、キースとお茶を飲みながらのんびりしている横で、ルチアローズはグリモワールと話をしている。

宙に浮いているところをとても気に入ったようで、さっきまでは「わたしも浮かびたい」と羨ましそうにグリモワールを見ていた。

〈どんな騎士になりたいんだ？〉

「どんな？」

グリモワールに問いかけられたルチアローズは、こてんと首を傾げる。騎士になりたいとだけ思っていたので、どんなと問われてもよくわからない。

「う〜ん……」

〈騎士に関する知識はあまりないか。生活するための給金をもらうために騎士になることがほとんどだろうが、姫は報酬がほしいわけではないだろう？〉

ルチアローズ自身はよくわかっていないけれど、きちんと国からルチアローズの予算は用意されている。それを使って生活の場を整えているのだ。管理自体は、まだ幼いのでティアラローズが行っている。

わかっていないルチアローズに、グリモワールが騎士の話をしてくれる。

〈騎士といえば、一番は誰かに忠誠を誓うということだろう。その者を絶対に守るという信念が必要だ。ほかには、敵から国を守りたい……というのもあるだろう。姫は王族だから、国を守るための騎士も向いていると思う〉

「国を？」

〈そうだ。国には姫が大好きな家族も含まれる〉

「家族も……」

グリモワールの言葉を聞いて、ルチアローズは何度か目を瞬かせて俯いた。どうやら、どんな騎士になりたいのか？　というのを、ルチアローズなりに考えているようだ。

ルチアローズは「みんなを守れる騎士になりたい」と呟きながら、みんなとは誰だろう？　と思い浮かべる。

ティアラローズ、アクアスティード、シュティルカ、シュティリオ。ルチアローズの大好きな家族だ。

もちろん、祖父母も大切だからルチアローズが守りたい。フィリーネやエリオット、クリストアたち兄妹も好き。ルチアローズが危なくなったら守ってくれるタルモもそうだ。それから、たまに遊びに来てくれるアカリ。美味しいご飯を作ってくれる王城の料理人もそうだし、ルチアローズと遊んでくれるメイドたちも。

数えてみたら、両手の指でも足りなかった。足の指を使っても足りない。

ルチアローズはむうぅっと口を尖らせて、「みんな守りたい！」とグリモワールに告げる。

〈ならば、悪と戦う騎士になればいいのではないか？〉

「あく？」

〈主人を持つ必要もなく、自分の誇りと大切な人を守ることができるだろう〉

「大切な人……」

グリモワールの言葉を聞いて、ルチアローズは大きく頷く。自分は騎士になって悪い奴を倒して国や大切な人を守るのだ。

「わたし、悪と戦う！」

〈その意気だ、姫！〉

ぐっと拳を握りしめるルチアローズと、それを応援しているグリモワールを見て、アクアスティードはいったいなんの話をしているのだろうと首を傾げる。

ちょうど今、アクアスティード、エリオット、レヴィの三人が到着した。

「アクア、お仕事お疲れ様です」

「ありがとう、ティアラ。……ルチアたちはなんの話をしてるんだ？」

「どんな騎士になりたいか、という話をしているみたいですよ」

楽しそうに盛り上がって、ルチアローズとグリモワールが仲良くなったことをティアラローズが告げる。

「なるほどね」

グリモワールは落ち着いた、淡々とした性格だとアクアスティードは思っていたが、意外にも熱血な一面もあったようだ。

歴史書であるグリモワールは、きっと多くの騎士の生き方を知っているだろう。そう考えると、たくさん話をするのはいいことだとアクアスティードは思った。

「やっときたのか」

「ああ。子どもたちと遊んでくれてありがとう、キース」

「別にこれくらい、なんてことはない」

いつでも遊んでやると、キースが笑う。

アクアスティードは「それはありがたいな」と笑いながらティアラローズの隣に腰かけ、同じように子どもたちをのんびり見守ることにした。

隣に座った旦那様を見て、ティアラローズは急いでお茶の用意をする。今まで仕事をして、急いで合流してくれたのだ。今はゆっくりしてほしい。

「花茶をどうぞ」

「ありがとう」

しかしキースの膝に乗っていたシュティルカとシュティリオがアクアスティードに飛びついたので、ゆっくりはできないかもしれない。

疲れているだろうに、アクアスティードはそんな様子は微塵も見せずにわしゃわしゃっと二人を撫でまわす。

「いい子で遊んでいたかい？」

「うん！　今度、妖精と森に行くんだ！」

「約束したの！」

シュティルカとシュティリオは何をしていたのかアクアスティードに話し、嬉しそうに遊びに行く計画を口にする。

この勢いでは、明日にでも行くと言いだしそうだ。

「それは楽しそうだね。なら、おやつとジュースが必要だ」

「「うん！」」

アクアスティードの言葉に、シュティルカとシュティリオはぱあっと瞳を輝かせる。おやつを持っていくことに、一気にテンションが上がったようだ。

「計画を立てなきゃ！」

「うん！」

『ぼくたちも～！』

シュティルカとシュティリオと森の妖精たちは、どうやって森に行こうか楽しそうに話を始めた。

その様子が可愛くて、ティアラローズ、アクアスティード、キースの三人は自然と笑みが零れた。


少しすると、レヴィが「すみませんが……」と書庫に顔を出した。

「どうかしたのかしら？」

「食材を運んで、夕食を作ると張り切っていたはずだけど……手伝いが必要なのかもしれないね」

「この人数の食事を一人で……というのは、確かに大変ですね」

ティアラローズは手伝えることがあればと立ち上がったが、レヴィから出た要望は手伝いではなかった。

「オーブンは使えるのですが、コンロの火がつかないのですよ。どうやらきちんと使える設備になっていないようなのですが」

「ああ、そういえばコンロは一応作ったけど、面倒で火が熾せるようにはしてなかったな」

キースが「使うとは思わなかったからな」とくつくつ笑う。

ティアラローズがお菓子作りで使うオーブンだけは、ちゃんと作動するように整えていてくれたらしい。お菓子作りにはコンロも必要なときがあるけれど、確かに使用頻度としてはオーブンほど多くはない。

キースが「使えるようにすればいいんだな？」と立ち上がったが、「ちょっと待って！」とルチアローズからストップがかかった。

「ご飯を作るのに、火がいるのね？　なら、わたしにお任せ！」

「ルチア？」

自信満々に出てきたのは、グリモワールと騎士の話をしていたルチアローズだ。その横には、宙に浮いたグリモワールもいる。

——確かにルチアは火の属性が強くて得意だけれど……。

魔法の練習というものは、まだほとんどしていない。

ルチアローズの抜群のセンスでぬいぐるみを動かしたりはできるけれど、火を熾せるのかと言われたら……できないわけではないのだろうけれど、心配になってしまう。

ティアラローズがアクアスティードを見ると、同じことを考えていたようだ。二人で頷きあって、ルチアローズの下へ行こうとしたのだが——「見てて！」と腕を上げた。

「グリモワール！　レヴィが使うための火のページ‼」

「──っ⁉」

ルチアローズの言葉に、ティアラローズはひゅっと息を呑む。

グリモワールはルチアローズの言葉に応えるように、閉じていたページがぱらぱらとめくれていって、とあるページで止まった。文字は赤く光っていて、火の属性が強いということがわかる。

「ルチア、やめなさい！」

「グリモワール、勝手なことをするな‼」

アクアスティードとキースの声が重なったが、少し遅かった。

「我が願いを叶えよ、ファイア！」

ルチアローズが高らかに言葉を告げると、グリモワールがごうっと火を噴いた。その勢いはかなり強く、天井まで達してしまう。

しかしそれに一番驚いたのも、ルチアローズだった。

「ひゃあぁあっ」

びっくりして、自分の体を庇うようにしゃがみ込んだ。けれどそのままでは炎に巻き込まれてしまい、怪我をしてしまう。

ティアラローズが慌ててルチアローズの下へ駆け寄ろうとするが、アクアスティードに「駄目だ！」と制止されて体が止まる。代わりに、アクアスティードがルチアローズの下へ走った。

焼け落ちた天井の木の部分をアクアスティードがなんなく手で払って、「大丈夫だよ」と優しくルチアローズを抱きあげる。

「お、お、おとうさま……っ！　うわぁぁんっ」

「怖かったね、ルチア。大丈夫だ、もう大丈夫だよ。お父様もお母様も、みんないる」

「……はい」

ぐすぐす泣きながら、ルチアローズもアクアスティードにぎゅっと抱きついた。

「ったく、お転婆な姫だな……」

アクアスティードがルチアローズを抱き上げたのを見て、キースはやれやれと頭をかく。どうやら、ルチアローズは無事のようだ。

「キース、ルチアは……」

「問題ない。グリモワールが魔法を使ったが、ルチアの魔力も一緒に使ってる。自分の魔法で傷つくことはよっぽどじゃない限りない」

「そう……ルチアが無事でよかったわ……」

キースの言葉を聞いて、ティアラローズはほっとする。安心して体の力が抜けて、その場に座り込んでしまった。

　これで無事に終わった――かに見えた。

〈うぅ、姫の魔力が多すぎて火が止まらない……！〉

「――っ！　ぐりも……っ！」

　グリモワールの叫ぶような声を聞いて、アクアスティードに抱かれていたルチアローズがびくっと揺れる。

　ルチアローズは火の精霊サラマンダーから力をもらっているため、火の属性がずば抜けて高い。グリモワールが考えていたよりもルチアローズの魔力が多く、制御ができなくなっているようだ。

「ルチアア、ルチア……！　今、助けるわ！」

　ティアラローズがルチアローズの下へ走り出そうとした瞬間、ぐいっとキースに腕を引かれた。お前は駄目だ、と。

「――ルチアローズに、森の妖精王の祝福を」

　グリモワールからごうっと炎が燃え上がり、森の書庫に叫び声がこだまする。そんな中だというのに、静かに紡がれたキースの声はよく通った。

ティアラローズは大きく目を開いて、キースを見る。アクアスティードも同じように驚いてキースを見ているが、キースはそれを全く気にしていないらしい。

涼しい顔でアクアスティードに抱き上げられているルチアローズの下まで行き、その額に人差し指で触れた。

すると、ルチアローズが淡い黄緑色に光り、キラキラと光が舞った。

その光はルチアローズから溢れ出て、火を吐き続けるグリモワールを包み込む。すると、グリモワールの表紙部分の花の色の濃さが増し、蔦が伸びてルチアローズの腕にしゅるりと巻き付いた。

「……これで魔力の調整もできるはずだ」

キースはそう言うと、「大丈夫だから落ち着け」とルチアローズの頭をぽんぽんと撫でた。そしてグリモワールを見て喝を入れる。

「ルチアの魔力は確かに大きいが、制御できないものじゃない。俺が祝福を与えたことにより、制御もしやすくなっているはずだ。森の書庫の意思ある本として、できないとは言わせないぞ」

お前の力はこんなものではないだろうと、キースがグリモワールに告げた。すると、グリモワールの輝きが一層強くなる。

〈私はマリンフォレストのすべてを記した歴史書！　魔力ごときで暴走しはしないっ!!〉

グリモワールがくわっと吠えると、黄緑色の光が弾けて飛んだ。

いったいなんの変化があったのかと目を凝らせば、グリモワールから出ている蔦がルチアローズの魔力と繋がっているではないか。

「ど、どういうこと!?　キース！」

「俺の祝福で、ルチアをグリモワールの主人にした。グリモワールの蔦はルチアの魔力と繋がったから、今後は魔法も失敗しないで使うことができるだろうよ」

「え、ええええ!?」

この一瞬でとんでもないことがなされたと知り、ティアラローズは驚くことしかできない。自分ではまったく思いつかなかった解決方法だ。

つまりルチアローズは、自身でも魔法が使え、グリモワールの魔法も兼ね揃えているということになる。そんなルチアローズが剣術を覚えて騎士になったら……最強ではないだろうか。

とんでもないことになってしまったけれど、助けてもらったことに変わりはない。そのことに関しては、感謝しかない。

ルチアローズが生まれたとき、キースだけが祝福を与えなかった。

一番に与えられなかったから拗ねてしまっただけなのだけれど……ルチアローズが淑女になったら贈るとキースは言っていた。

まだ淑女にはほど遠い子どもだけれど、こうしてルチアローズの危機に助けになる祝福を贈ってくれたことを嬉しく思う。

ティアラローズはアクアスティードとルチアローズの下へいくと、すぐにルチアローズを抱きしめた。

「ルチア、無事でよかったわ」

「お母さまっ！」

ルチアローズもすぐにぎゅううっと力いっぱいティアラローズのことを抱きしめてきた。その体は、震えている。

「ごめんなさい、わたし……グリモと一緒に魔法を使ってみよって話して……それで……うまくできたら、もっと強くなって、役に立てるな……って」

ちょうどレヴィが火を欲していたので、グリモワールと一緒に火の魔法を使ったのだとルチアローズがたどたどしいながらも一生懸命説明してくれた。

「そうだったのね」

優しい気遣いだということはわかるけれど、今回ばかりはさすがに心臓に悪すぎた。

ティアラローズはルチアローズの背中を優しく撫でながら、「頑張ったのね」と微笑む。

しかしそれと同時に注意することも忘れない。

「魔法は一つ間違えたらとても危険なものだから、使う前に必ずお父様に相談してちょうだいね」

相談相手はティアラローズでもいいけれど、魔法の扱いに長けているのはアクアスティードだ。最終的な判断を下すのは、アクアスティードの方が適任だろう。

ティアラローズの話を聞いたルチアローズは、しっかり頷く。

「……うん」

「きちんとわかってくれたのね。偉いわ、ルチア」

アクアスティードもルチアローズの頭を撫でて、「いい子だ」と褒める。

「相談するのは魔法のこと以外でもいい。ルチアが何か思うことがあれば、いつでも私に話してごらん」

食事のときでも、休みのときでも、なんなら仕事中に時間を作ることだってできる。アクアスティードの言葉に、ルチアローズはほっとしたように微笑んだ。

「それから……祝福をして助けてくれたキースにお礼をしないとね」

「うん」

ルチアローズは一人で立つと、自分の隣を見た。そこには蔦で繋がれたグリモワールが宙に浮いている。

　蔦はルチアローズとグリモワールの魔力と、それと植物の力でできているようだ。蔦の長さや見え方はそのときの魔力の強さや感情によって左右される。

〈姫……申し訳ない。私の力不足だ。どんな騎士になりたいのかなどと、偉そうなことを言ったのに……〉

「ううん。グリモワール……グリモのせいじゃないよ！　わたし、グリモと騎士のお話できて楽しかったもん」

　泣いていた先ほどと違って、ルチアローズに笑顔が戻っている。にこっとしながら、

「一緒に行こう」とキースの下へ歩き出した。

　グリモワールも〈んむ〉と返事をして、ルチアローズの後ろへ着いていく。二人を繋ぐ蔦は、まるで手を繋いでいるみたいだ。

「ありがとう、キース。でも、祝福……いいの？　妖精王の祝福は、簡単にあげちゃいけないすごいものなんでしょ？」

「子どもがそんなこと気にすんな。ルチアが助かるなら、祝福なんて安いもんだ」

「……っ、うん」

　ルチアローズはキースにぎゅっと抱きつくと、涙を流して何度も「ありがとう」と口にする。本当に怖かったのだ。

二人の様子を見たティアラローズは、無事に収まって本当によかったと思う。

——代わりといったらなんだけれど、わたくしのお菓子の妖精王の祝福をルチアが淑女になったときに贈ろう。

それならば、キースとの約束も少しは守れそうな気がする。

キースがよしよしとルチアローズのことをあやすと、グリモワールがキースの横に行く。そして項垂れるように、本の上の部分が前に倒れた。

〈不甲斐ない私を助けてくれたこと、感謝する〉

「……ったく。これにこりたら、ちゃんと練習するようにしろよ」

〈そうしよう〉

キースとグリモワールも問題なさそうに話しているが、ティアラローズは心の中でちょっと待って⁉ とツッコミを入れていた。

——ちゃんと練習するって何⁉ ルチアと⁉

なんだか危険で嫌な予感がしたけれど、確かに今後のことを考えるとグリモワールにはきちんと魔法を使えるようになってもらっておいた方が安心だ。

心配と練習した方がいいという気持ちがぐるぐるする。すると、アクアスティードが「大丈夫」とティアラローズの肩を抱いた。

「ルチアは私たちの娘だから、すぐに覚えるよ。……それに、何かあったときのために魔力の扱いには慣れていた方が安心だからね」

「そう……ですね。わたくし、親として全力でルチアを見守ります！」

ルチアローズ自身はもちろんそうだが、シュティルカとシュティリオにも魔力問題が起こる可能性はある。だから備えておくに越したことはないのだ。

ティアラローズとアクアスティードもキースのところへ行き、泣いてしまったルチアローズのことを撫でて「一緒に頑張りましょうね」と可愛いおでこに優しくキスをした。

これにて一件落着、というところで——「何事ですの？」と声が響いた。見ると、ぽかんとしているオリヴィアがいた。

これには、ティアラローズたちも驚きだ。

「オリヴィア様、もしかして今の今まで本を読んで……？」

「え？　ええ。今ちょうどこの本を読み終わったところだったんです」

というところで、ルチアローズは泣いているし、なんだか焦げ臭いしで、オリヴィアは若干混乱していた。

——この騒ぎの中で集中を切らさないなんて、さすがはオリヴィア様……。

褒めていいのかどうかわからないが、そう思うしかない。

ティアラローズがどう説明すべきか考えていると、レヴィがオリヴィアに今あったことを詳細に説明している。

「え？　ええ？　えっ⁉　キース様がルチアローズ様に祝福を⁉　わたくしはどうして本に夢中になっていたのかしら！　自分が信じられないわ‼」

オリヴィアはその場でわっと泣き崩れてしまった。

普段は自分の集中力のよさを長所だと思っていたけれど、こんなことになるくらいなら集中力なんてない方がよかったと拳で床を叩いている。

「でしたら、グリモワールを使って今の歴史をご覧になればいいと思います。森の妖精王が祝福を贈るシーンですから、歴史書に必要な記録です」

「名案だわ‼」

さすがレヴィ！　と、オリヴィアのテンションはすぐに復活したのだった。

第五章 女伯爵の誕生

ルチアローズのグリモワール騒動から数ヶ月。

王城にある騎士の鍛錬場の片隅で、可愛らしく、しかし力強い声が響いた。

「グリモ、いくよ！　空に虹をかける水しぶきのページ！」

声を発したのはルチアローズだ。

その横にいるグリモワールのページがぱらぱらめくられて行き、目的のページでぴたりと止まる。そのページの文字は、淡い水色に光っていた。

「我が願いを叶えよ、ウォーター！」

ルチアローズの声とともに、グリモワールの魔法が発動し、しぶきが舞い上がる。太陽の光に反射して、空に虹がかかった。

〈上手くいったな、姫！〉

「すごいすごい！」

見事な虹がかかったのを見て、ルチアローズはぴょんぴょん跳ねてグリモワールと一緒に喜ぶ。

そんな様子を、ベンチに座ってティアラローズとアクアスティードが眺めていた。

「すごい、ルチアの魔法の腕がめきめき上がっていくわ……」

「パール様の祝福で、水の魔力が強化されているからね」

「そうですね」

ティアラローズは驚きつつも、内心ではほっと安堵する。

――わたくしは魔力が上手く使えなくて、苦労したもの。

特にルチアローズの魔力は大きいので、失敗したり上手くいかなかったりすると危険も伴ってくるだろう。

上手く魔法を成功させたルチアローズは、グリモワールと一緒にこっちへ走ってくる。大きく手を振って、笑顔満開だ。

「お父さま、お母さま、わたし……魔法騎士になる！」

「魔法騎士!?」

ルチアローズの言葉に、ティアラローズは驚きつつも格好いい！　と、ちょっとだけテンションが上がる。

——アクアの娘だもの、絶対に剣も魔法も一流に違いないわ！

ちょっと親ばかが入っているかもしれないが、ルチアローズの新しい夢を応援したいとティアラローズは思う。

本来ならばルチアローズは王女なので、自由に騎士になるのは難しい。しかし、ティアラローズはアクアスティードと好きなことをやらせてあげたいねと話していた。

可愛い娘の夢を、今は精一杯応援したいのだ。


ルチアローズの魔法騎士になるための稽古が終わったあと、ティアラローズはアクアスティードの執務室にやってきた。

ティアラローズがソファに座ると、メイドが紅茶を用意して退室する。今はアクアスティードとエリオットしかいない。

「午後の会議で承認が下りる予定だから、先にティアラに話しておこうと思ってね」

「会議で、ですか」

どうやら重要な話のようだと、ティアラローズはごくりと唾を飲む。

——グリモワールのことかしら？　それとも、お菓子の妖精関連？

もしかしたら何か苦情でもきたのではないだろうかと思ってしまったが、アクアスティードの表情や口ぶりは柔らかい。

むしろ、何かいいことがあった……そんな様子だ。

「ティアラも喜ぶと思うよ」

アクアスティードから資料を渡されて、ティアラローズは目を通す。今日の会議に通すだけあり、綺麗にまとめてありわかりやすく——


「……オリヴィア様が伯爵になるのですか⁉」


その内容に、ティアラローズは目を見開いた。

資料には、オリヴィアがマリンフォレストの歴史書へ大きく貢献したことや、王城の地下通路などの情報を提供したことなどが主な理由としてあがっている。

そのほかにも、オリヴィアはマリンフォレストの地層を調べて本にしたり、いろいろな活動をしていたのでそれも評価に入っている。

——爵位を持つ女性がいないわけではないけれど、叙爵されるのはすごいことだわ！

「オリヴィア嬢には何度も助けられているからね。……幸い、結婚前だ。あれだけの情報を持っているオリヴィア嬢が他国に嫁いでしまうようなことは国としてあまり良い判断とは言えないからね」

そのため爵位を与える、というのも理由の一つにあるようだ。

マリンフォレストで爵位を与えれば、国に不利益になるようなことはしないだろうという安心材料がほかの貴族へ向けて必要なのだろう。

「……オリヴィア様は、この世界を隅々まで愛していますからね」

ティアラローズはくすりと笑って、資料をテーブルに置く。

「わたくしはとてもよいと思います。オリヴィア様の知識はきちんと評価されるべきですから。ただ、オリヴィア様がどう思われるかは……わかりませんけれど」

以前、オリヴィアは結婚するなら伯爵家の次男あたりがいいと言っていた。忙しすぎると聖地巡礼をしたり、この世界を堪能する時間がないからだ。

もしかしたら、女伯爵なんてとんでもない‼　――と、辞退しようとするのでは？　とすら思えてしまう。

そこまで考えて、ティアラローズはとたんに不安になる。

「オリヴィア様は伯爵になってくれるでしょうか？　自由時間が減ってしまうから嫌だと言いそうで仕方がないのですが」

ティアラローズの主張に、アクアスティードと後ろに控えるエリオットが苦笑する。

それは二人とも思ったことのようだ。

「その点は大丈夫だ」

「そうですか？　ならよかったですけど……」

オリヴィア本人にすでに確認しているのかな？　と、ティアラローズは考えたが——実際は、レヴィがオリヴィアの叙爵の機会を見逃すわけがない……というものだ。

レヴィはオリヴィアに心酔している。

オリヴィアのことを守り、その望みは必ず叶える——というのがレヴィの望みだ。けれどたった一つだけ、オリヴィアに求めていることがある。

それは、いつまでもオリヴィアに気高いままでいてほしい……というものだ。

オリヴィアから聞いた話によると、追放エンドなど目指さずに、家督を継いで公爵になってほしいとレヴィに言われていたそうだ。

そんなことを思い出したティアラローズは、なんだか波乱の予感がするのだった……。

ニコニコ顔で紅茶を淹れるレヴィを、オリヴィアはジト目で睨む。

――何か隠している気がするわ。


アリアーデル家、オリヴィアの部屋。

今は急遽休みを言い渡され、登城せずにのんびり過ごしているところだ。

朝はレヴィの淹れたハーブティーで目覚め、身支度を整え、朝食をとり、遊びに来てくれたお菓子の妖精と戯れ、昼食をとり、今は食後のティータイムなのだが……レヴィの機嫌がよすぎるのだ。


「オリヴィア、この後はドレスの仮縫いを行います」

「わかったわ」

自分のスケジュールを告げられて一応頷くけれど、ドレスの仕立てを頼んだ記憶はなく……はて？　と首を傾げる。

――レヴィが頼んでくれていたのかしら。

オリヴィアは公爵家の令嬢の割に、仕立てるドレスの数が少ない。聖地巡礼をするときのラフな装いの方が多いくらいだ。

必要なものはあるので困りはしないのだが、さすがにちょっとした見えは必要だ。そういったときは、レヴィがオリヴィアのドレスを注文してくれていたりする。

今回もそうなのだろうとオリヴィアは思っていたのだが……

「………レヴィ、このドレスはいつ着る予定なのかしら？」

ほぼ完成している状態のドレスに袖を通したオリヴィアは、真顔でレヴィを見た。というのも、ドレスがものすっっごく豪華だったからだ。

どれくらい豪華なのかといえば、王城の夜会へ行くときよりも遥かに……と言えばいいだろうか。

──これ一着で、普段着ているドレスが五着は作れるんじゃないかしら？

いったいどこで着るものなのか、オリヴィアにはさっぱりわからない。

「レヴィ？」

「………」

オリヴィアが追及するも、レヴィは無言のままだ。

「悪いことではございません。仮縫いを進めるようなので、私は一度席を外しますね。よろしくお願いします」

「ええ、任せてちょうだい」

レヴィは侍女のジュリアに告げると、そそくさと部屋を後にしてしまった。そんなレヴィを見て、オリヴィアは頬を膨らませる。

「わたくしが豪華なドレスを着るタイミングなんて、思いつかな——っ、もしかして、お父様がわたくしの婚約を決めてしまったとか⁉　わたくしは二十六歳……さすがに行き遅れすぎているから、せめて見栄えくらいはってことかしら？」

オリヴィアがアクアスティードと婚約したときもそうだったけれど、なぜ父は勝手に婚約を決めてくるのだとオリヴィアは憤慨する。

——わたくし、誰かに嫁ぐなんてしたくないのに！

レヴィが消え去ったドアを見つめて、オリヴィアは涙ぐむ。

結婚したくない理由も当初は自由に聖地巡礼ができないからで、社交の際に聞かれたときもオリヴィアは冗談を交えて伯爵家の次男くらいが～なんて言っていた。

けれど本当は、結婚したくないちゃんとした理由がある。そして、生涯結婚しなくていいとも思っている。

オリヴィアがそんな思いにふけっていると、お針子から「完成です」と言う声が。どうやら仮縫いが無事に終わり、ドレスが完成したらしい——

「って、完成？」

聞いていた話と違うと、オリヴィアの目が点になった。

マリンフォレストの王城の謁見の間は、そう簡単には入れる場所ではない。そんな場所に今、オリヴィアは立っていた。

濃い赤のカーペットの先にいるのはアクアスティードとティアラローズだ。すぐ近くにはエリオットなど側近や国の中枢を担う貴族がいる。

——え、いったいなんのイベントが始まるというの？

こんなところではしたないと思いつつ、血の海にするよりは……と、オリヴィアは念のため自分の鼻をハンカチで押さえた。

それを見たアクアスティードが苦笑したのを目撃してしまい、ちょっと鼻血がでた。するとすぐ、レヴィが新しいハンカチを持って駆けつけてくれる。

「レヴィ、どういうこと⁉　知っているならちゃんと説明しなさい！」

オリヴィアは小声でそう言うと、キッとレヴィを睨む。理由もわからずこんなところに立っているのは、ものすごく心臓に悪いのだ。

——ここに立てていること自体は、とても感動しているけれど……‼

しかもきちんと国王陛下がいるのだ。その状況でここに立つことができるのは、かなりレアな体験だろう。

「知っています。……が、私の口から説明せずともすぐに答えはわかります」

レヴィはそう言って微笑むと、ささっとその場から離れてしまった。

「ああっ、レヴィ！　もう……」

オリヴィアはため息をつきたいのをこらえて、改めて前を向いた。

ティアラローズは壇上からオリヴィアとレヴィを見て、くすくす笑う。この雰囲気の中でもいつも通りな二人だ。

今からオリヴィアは叙爵されるわけだけれど、ちゃんとわかっているのだろうか。

「オリヴィア様、大丈夫かしら」

「どうだろうね……」

ティアラローズがもらした呟きに、アクアスティードが苦笑する。

「オリヴィア嬢は、いまから何が始まるかも知らないと思うよ。……アリアーデル公爵には伝えてあるんだけどね」

「…………」

オリヴィアが戸惑っているのはティアラローズにもわかるので、無言で肩を落とす。このまま進めて本当に大丈夫なのだろうか？　と。

しかしオリヴィアは鼻血を拭きとりレヴィが離れると、きちんと背筋を伸ばし、歩き始めた。

凛として、瞳には決意のような色が見える。もしかしたら、オリヴィアは自分で今の状況を推測したのかもしれない。ティアラローズはほっとして、胸を撫でおろした。

オリヴィアはアクアスティードの前まで歩いてくると、ゆっくり跪いた。

「本日はこのような場を設けていただき、ありがとうございます」

「楽にしてくれ。本日は、オリヴィア嬢の功績を称え、相応しい褒賞を与えたいと思う」

アクアスティードの言葉に、オリヴィアは「ありがたき幸せにございます」と返した。

いつものテンションが高い声ではなく、とても落ち着いていて、公爵家の令嬢に相応しい気高さだとティアラローズは思う。

いつもテンションが高くて鼻血を出しているオリヴィアばかり見ていたので、なんだか新鮮だ。

「オリヴィア・アリアーデル。新たに伯爵位と領地を与える。今から、ルービアリアを名乗るといい」

「謹んで拝命お受けいたします。オリヴィア・ルービアリアとして、わたくしはこれから

もマリンフォレストに忠誠を尽くすことをここに誓います」

「ルービアリア伯爵の今後の活躍に期待している」

「――はい」

跪いたオリヴィアが爵位を受け女伯爵が誕生すると、わっと拍手が沸き起こった。その中には、オリヴィアの父のアリアーデル公爵や兄のクロードもいる。

家族を見つけたオリヴィアは「なんで黙っていたんですか」という視線を向けながらも、優雅に微笑んで退室していった。

◆

「ティアラローズ先輩～～！　せんぱあああぁぁいぃぃ!!」

「オリヴィア様……酔っていますね？」

「こんなのっ、飲まなきゃやってられませんわ!!」

抱きついてきたオリヴィアを受け止めたティアラローズは、隣にいるアクアスティード と顔を見合わせて苦笑する。

ここはアリアーデル家で、今はオリヴィアが女伯爵になったお祝いのパーティーをしているところだ。

先ほどの謁見からは、まだ数時間しか経っていない。

「帰宅したら伯爵おめでとうパーティーが始まるなんて、わたくし以外はみんな知っていたのに黙っていたなんて……!!」

「サプライズでお祝いをしたい……とかじゃないかしら？」

ティアラローズはできるだけポジティブな返事をしてみるが、オリヴィアは目を据わらせて「違いますわ」と言い切った。

「わたくしに逃げ道を用意しなかっただけです。……アクアスティード陛下からのお言葉を断るなんて、わたくしにはできませんもの」

レヴィが徹底的に根回しをしていたようだ。オリヴィアはワインをぐいっと飲んで、「はあぁぁぁぁ」と大きく息をついた。

そのまましばらく何かを思案するように目を閉じて、ふっきれたような笑みを浮かべた。

「オリヴィア様？」

「……いえ。今までずっとずっとレヴィに甘えてばかりだったので、わたくしも腹をくくろうと思ったのです。女伯爵、オリヴィア・ルービアリアになったわけですし」

突然飛び出したオリヴィアの決意に、ティアラローズはくすりと笑う。

「何をするつもりですか？」

「まずはレヴィにお礼が言いたいですね。わたくしをずっと支えてくれて、こうして伯爵になったのですから。レヴィと離れ離れになる心配もありませんし……」

そう言ったオリヴィアは、お酒のせいもあってかいつもより頰が赤い。

公爵家の令嬢のオリヴィアがどこかへ嫁ぐとなると、男性であるレヴィは連れていくことができない。

オリヴィアとレヴィがずっと一緒にいるには、ゲームのエンディングで追放されるか、生涯独身でいるか、はたまた二人の結婚を認めてもらうか……といったところだった。

レヴィと離れ離れにならない――一緒にいたいと口にしたオリヴィアを見て、ティアラローズは頰を緩める。

――オリヴィア様、やっぱりレヴィのことが好きだったのね。

二人のことをいい雰囲気だとずっと思っていたティアラローズだったけれど、恋人のような甘い雰囲気か？　と考えるとわからなかった。

これからどうしていくのかはオリヴィアとレヴィ次第だけれど、腹をくったらしいのできっと上手くいき始めるのだろうとティアラローズは思う。

「何かあれば協力しますから、いつでも相談してくださいませ」

「ありがとうございます、ティアラローズ様。ルービアリア家は、マリンフォレストをこよなく愛し、未来永劫この国を一番称える家門にいたしますわ！」

「え」

突然の壮大な計画に――いや、オリヴィアであれば全然壮大でもなく普通？　――というようなものに、ティアラローズは今後生まれるのであろうオリヴィアの子どもが少しだけ心配になった――。

ティアラローズとオリヴィアを見て、アクアスティードはこれからも大変なことが起こって振り回されていくのだろうなと悟った。


三人で話をしていると、レヴィとアリアーデル家の当主のオドレイがやってきた。オリヴィアの母クローディアと、兄のクロードも一緒だ。

「アクアスティード陛下、本日はありがとうございました」

「いえ。私も優秀な者が新たに爵位を得られたことを嬉しく思います」

「……そう言っていただけると、安心します」

オドレイは苦笑しながら、オリヴィアのことを見る。その視線は慈しむようなもので、とても大切にしているということがわかる。

オリヴィアとアクアスティードは以前婚約し、すぐ解消したという過去がある。それもあり、いろいろと気がかりだったのだろう。

「アクアスティード陛下、ティアラローズ様、お久しぶりでございます。本日はおこしいただき、ありがとうございます」

「素敵なパーティーにお招きありがとうございます」

「お久しぶりです、クローディア様」

クローディアとは夜会やお茶会で何度か顔を合わせたことがある。

二人の子どもを持っているとは思えないほど美しく、透き通るような肌はいつ見てもほれぼれしてしまう。

「妹はティアラローズ様の侍女になってからというもの、毎日がとても楽しいようでして
……ご迷惑をおかけしていませんか？　ハンカチが足りない事態になっていないといいの
ですが……」

心配そうに声をかけてきたのは、クロードだ。

オリヴィアの鼻血体質をとても心配しているようで、どこか落ち着かない様子だ。

「お兄様、わたくしはちゃんとしていますわ！　レヴィがいるのでハンカチが足りなくな
ることもありません！」

「ヴィー、そうじゃない……」

国王と王妃の前で鼻血を出しすぎることが問題なのだとクロードは頭を抱えているが、
これもオリヴィアの個性だから仕方がないというのもわかっている。

「あまり無理をしすぎないようにして、何かあればすぐ私に相談するんだよ？」

「はい！　ありがとうございます、お兄様」

にこにこしながら会話をするオリヴィアとクロードを見て、ティアラローズもつられて笑顔になる。家族仲がいいのはいいことだ。

「でも、オリヴィアが伯爵になるということは……新しく屋敷を構えることになる。そう思うと、寂しくなるね」

「お父様ったら……。わたくしはもう二十六ですし、本来ならとっくにお嫁に行って家にはいませんよ？」

「……そうだったね」

オリヴィアの言葉で、オドレイは遠い目になる。娘が結婚してほかの男の下へ行ってしまうのはとても嫌だが、いつまでも結婚できないのも嫌なのだ。男心とは難しい。

そんなオドレイの心の内を読みとったのか、クローディアがオリヴィアとレヴィを見て口を開いた。

「伯爵になるのですから、結婚は婿を取るかたちになりますね。オリヴィア、結婚したい殿方がいるのではありませんか？」

クローディアが意味深に笑いながら言うと、一瞬でオリヴィアが耳まで真っ赤になった。

「オリヴィア!?」

オドレイはオリヴィアの反応を見て聞いてないぞ⁉ と言うような顔になっているが、クローディアはとっても楽しそうだ。

「あなた、オリヴィアももう二十六歳ですよ？ それに、オドレイ様とクロードが思っているよりオリヴィアはしっかりしています。将来のことだって、ちゃんと考えられるのですよ」

ね？ と、クローディアはオリヴィアに微笑む。

オリヴィアは、「お母様は何もかもお見通しですね……」と言いながら、レヴィの腕をぐいっと引っ張った。

「――！ オリヴィア？」

突然のことにレヴィが驚いてオリヴィアを見るけれど、オリヴィアはつんとすまし顔で何も答えない。

今日のことを質問しても教えてくれなかった仕返しのようだ。

「わたくしは、レヴィと結婚いたします‼」

オリヴィアが堂々と宣言した声は、部屋中に響き渡った。

賑やかだった話し声や音楽が一瞬でピタリと止んで、全員の視線がオリヴィアとレヴィに集まる。

クローディアは嬉しそうに微笑んで、オドレイとクロードは口を大きく開けて絶句している。

――まさかの公開プロポーズ！

ティアラローズは自分までつられて赤くなってしまい、慌てて自身の頬を両手で押さえる。ドキドキして、見ていていいのだろうかとそわそわしてしまうが、目を逸らせない。

「オリヴィア、私は――」

「これは決定事項よ、レヴィ。それとも……嫌なの？」

「私ではオリヴィアに釣り合いません」

レヴィが異を唱えると、オリヴィアは大きくため息をついた。

「なら聞くわ、レヴィ」

「はい」

「女伯爵となったわたくしの夫として相応しい相手は、ほかにいるかしら？」

「――！」

オリヴィアの問いかけに、レヴィは言葉を失った。

同時に、ティアラローズも息を呑む。一歩間違えれば修羅場になってしまいそうなこの問いかけに、どうすればいいのかとハラハラしてしまう。

「アクア……」

思わずアクアスティードを見ると、困ったような笑みを浮かべている。

「今回はオリヴィア嬢の方が一枚上手みたいだね」

「そうでしょうか……？　レヴィは相応しい相手と結婚させたいようですけれど……」

すでにオリヴィアの勝利を確信しているアクアスティードを見て、ティアラローズは顎に手を当てて悩む。

——レヴィは自分が平民だから、オリヴィア様に相応しくないと思っているのよね？

となると、もしやレヴィにも爵位が与えられるのでは!?　という考えがティアラローズの中に浮かぶ。それならば、レヴィが身分を理由に断る必要はなくなるはずだ。

——でも、レヴィに表立った功績はないし、もしレヴィが叙爵されるのであれば、オリヴィアの叙爵を聞いたときに一緒に教えてもらえているはずだ。

そうなると、ティアラローズには理由がわからない。う〜んと悩んでいると、その理由はすぐにレヴィの口から告げられた。

「……いません。オリヴィアに相応しい男性なんて、元々数えるほどしか存在しないのですから」

がっくりうなだれたレヴィを見て、オリヴィアは勝利の笑みを浮かべている。

「え、そういうことですか⁉」

「そういうことだね。今のマリンフォレストに、オリヴィア嬢の年格好とあう男性は少ないだろうけど……そもそも年齢を考えなくても、難しいだろうね」

今は伯爵、元は公爵令嬢、さらには元の婚約者はアクアスティード。婚約解消を汚点と考えるなら結婚相手に高望みをするのは難しいだろうが、今は功績を称えられた伯爵。

――レヴィがそこら辺の令息を認める……わけがないわね。

アクアスティードのような王太子、もしくは王族くらいしか認めないのでは？　と、ティアラローズは苦笑する。

「つまりアクアスティード陛下なみにスペックの高い男性は――レヴィ、あなたしかいないということよ」

レヴィはオリヴィアのためにと研鑽し鍛錬を積んできた結果――とんでもないハイスペック男子になっている。

「ねえ、二度も言わせないでちょうだい。レヴィ、わたくしはレヴィと生涯を共にしたいと思っているわ。新婚旅行はラピスラズリにして、一緒に聖地を巡りましょう？」

なんとも楽しい新婚旅行のプランを口にしたオリヴィアを見て、それは今言うことではないのでは⁉　とティアラローズはハラハラする。

こんなに安心して見ていられないプロポーズがあるなんて……。

「……オリヴィアの御心のままに。私は生涯、オリヴィアの隣におります」

「ええ。ずっと一緒にいましょう、レヴィ」

オリヴィアがレヴィの手を取ると、会場からわあっと盛大な拍手が送られた。

アリアーデル家から帰宅したティアラローズとアクアスティードは、すでに寝てしまっている子どもたちの顔を見てから自分たちの部屋へ向かった。

ティアラローズは果実水を用意して、アクアスティードと一緒にソファへ座る。お酒はパーティーでたくさん飲んだので、もう十分だ。

「オリヴィア様がプロポーズするとは思いませんでしたが、上手くいって安心しました」

「ああ。オリヴィア嬢は思い切りがいいね。さすがはティアラと同じ悪役令嬢だ」

くくっと噛み殺すように笑うアクアスティードに、ティアラローズは頬を膨らます。アクアスティードから見たら、自分も同じようなものらしい。

——うう、わたくしもいろいろ無茶をしているから、反論できない……。

しょんぼりしながら果実水を飲んで、ティアラローズはアクアスティードの肩に寄りかかる。

今日は久しぶりにお酒を多めに飲んだので、いつもより酔いが回ってしまったようだ。

アクアスティードの肩口に額をつけて、すりよる。

「こんなに酔っているティアラは、なんだか珍しいね」

「……そうかもしれません。普段はあまりお酒を飲みませんし、ルチアの妊娠以降は飲めませんでしたから」

今は母乳の必要もないので、気にせずお酒を飲むことができる。

とはいっても、夜会で酔うほどお酒を飲むわけにもいかないので、顔色が変わるほど飲むことなんてない。

「今回はオリヴィア様のお祝いでしたし、その……オリヴィア様がすでに酔っていましたから。ちょっとつられてしまったのかもしれません」

「確かにオリヴィア嬢の飲みっぷりは、周りも驚くほどすごかったからね」

「ええ」

オリヴィアの様子を思い出して、思わず笑う。

そして同時に、オリヴィアとレヴィが末永く幸せでいられますように……と、心を込めて祈った。

「……これで、ゲームはもう完全に終わりなんでしょうか」

「ティアラ？」

「いえ……。アイシラ様がご結婚されて、オリヴィア様も相手が見つかった……という言い方は変かもしれませんが、結婚が決まりました」

悪役令嬢も、ヒロインも、幸せな道へ進むことができた。

「わたくしは、その……結婚したあともしばらく不安が残りました。自分は本当にアクアに相応しいのかとか、やっぱりヒロインのアイシラ様を選ばれてしまうのではないか……と。オリヴィア様も、口には出さずともどこか不安があったのではと思うのです」

見ている限りだと不安はほぼほぼなさそうだったけれど……。そう思いつつも、ティアラローズは続きを口にする。

「だからオリヴィア様も、今……心から幸せなのではないかと思うのです」

そう言ってティアラローズがとびきりの笑顔を見せると、アクアスティードにぎゅっと抱きしめられた。

「あ、アクア⁉」

「可愛いことを言うティアラが悪い」

ティアラローズは恥ずかしがり屋なくせに、たまに大胆に自分の気持ちを口にする。それをふい打ちで受けるアクアスティードは、たまったものではない。

ぎゅうぎゅうと抱きしめて、離したくない衝動に駆られる。……まあ、別に離さなくてもなんら問題はないのだけれど。

「それは、その……うぅ……」

赤くなってしまったティアラローズは、顔から湯気が出そうなほどだ。

とはいえ本心であることに変わりはないし、アクアスティードと一緒にいられる今はとっても幸せなのだ。ティアラローズも遠慮せずに抱きつくことにした。

ティアラローズがぎゅううぅ～っと力強く抱き返してみると、アクアスティードがくすりと笑う。

「笑うところではありませんよ？」

「いや、一生懸命しがみついてくれてるみたいで、それが可愛くて」

もうティアラローズが何をしても可愛いことに変わりはないようだ。

ティアラローズはむっと唇を尖らせて、「小動物ではありませんからね？」と言って、自分からアクアスティードに口づける。

今日はお酒が入っていることもあって、いつもより積極的だ。

そのまま勢いよく「えいっ」と体重をかけて、アクアスティードをソファに押し倒してその上にのしかかった。

アクアスティードの胸板(むないた)に手をついて、そのしっかりした筋肉にティアラローズは目を瞬(しばたた)かせる。

——すごい、がっしりしてる。

服を着ているときは気づかないけれど、アクアスティードは鍛錬していることもあり体はしっかりしている。いわゆる細マッチョだ。

「……抱きしめられたら、安心するわけですよね」

ティアラローズはアクアスティードの胸元(むなもと)に頬を落として、擦(す)り寄ってみる。上にのしかかっていても安定感があって、まったく不安がない。

——すごい。わたくしだったら絶対にぷるぷるしちゃうわ。

されるがままのアクアスティードを見て、ティアラローズは頬を緩める。胸板を枕(まくら)にするようにして目を閉じると、トクントクンと少し早いアクアスティードの鼓動(こどう)が聞こえてきた。

「幸せですね、アクア……」

「……そうだね。私はきっと、世界一の幸せものだ」

返事をしたアクアスティードは、優(やさ)しく抱きしめてくれた。

「……まあ、こうなるとは思っていたけどね」

自分の上ですやすや眠る妻の姿を見て、アクアスティードは苦笑する。

ほろ酔い気分の時点で今日はすぐ眠るだろうと思っていたが……まさかこんなタイミングで寝るなんて。

アクアスティードはティアラローズを気遣いつつ、上半身を起こす。自分の胸に擦り寄って、すやすや気持ちよさそうに眠っている。

ふわふわのハニーピンクの髪に、長い睫毛。整った顔立ちは、眠っていても可愛らしい。

眠っているティアラローズをそのままに、アクアスティードはテーブルから果実水を手に取って一気に飲み干す。

「……ふう」

ティアラローズが酔ってほわほわしていたため気づき難いけれど、今日はアクアスティードもかなりお酒を飲んでいる。

なので、ティアラローズが先に寝てしまったことが……ちょっとだけ不満なのだ。

「こんなに無防備な顔で寝て……」

指先をティアラローズの髪に絡めて、アクアスティードはちゅっとキスをする。そのまま指から髪が零れ落ちるのを見て、今度はこめかみに。

「ん……」

くすぐったかったのか、ティアラローズがわずかに身じろいだ。その様子に頬を緩めて、アクアスティードは額に、目元に、鼻先にと……キスをしていく。その度にティアラローズがくすぐったそうにするので、それが楽しくてたまらない。

ティアラローズの頬を撫でて、親指の腹で唇をなぞる。わずかな吐息に、アクアスティードは無意識の内に息を呑む。

「ティアラ……」

名前を呼んで、額同士をこつんとつける。

いつでもキスができそうなほど近い距離で、ティアラローズの長い睫毛が自分に当たってしまいそうだとアクアスティードは思う。

アクアスティードは親指の腹でゆっくりティアラローズの唇を押してみる。柔らかくて、もっと触りたいと思ってしまう。

――この口が、いつも私の名前を呼んでくれる。

初めて会ったときは、アクアスティード殿下だった。それからデートをして、アクア様と呼んでもらうことができた。本当は愛称で呼び捨ててくれてよかったのに、恥ずかしがってなかなかアクアと呼んでくれなかった。

ときおり恥ずかしそうにしながらアクアと自分の名前を呼ぶティアラローズには、いつもドキドキしたものだ。

——もちろん、当たり前にアクアと呼んでくれる今もとても嬉しい。

何度でも名前を呼んでほしいと思うし、いつまでもティアラと名前を呼びたいとアクアスティードは思う。

「ティアラ」

もう一度名前を呼んで、アクアスティードは親指でくいっと唇をわずかに開かせ、そのままキスをした——。

王都のお菓子の家のすぐそばに、豪華な屋敷が建てられた。

——ルービアリア伯爵家だ。

なぜこんな王都の真ん中に？　貴族の屋敷は王城近くやもう少し郊外(こうがい)辺りの広い場所に用意するものでは……？　と、誰もが疑問に思ったであろう。

しかしオリヴィアは、お菓子の妖精のお菓子の家があるのに、その近くに建てずしてどうするのか!!　と、考えたらしい。

もちろんレヴィがそんなオリヴィアの意思に賛同しないわけがなく——とても立派な屋敷が最速で建ったというわけだ。

本日、ルービアリアの屋敷に無事引っ越しを終えたオリヴィアは、柄にもなく緊張していた。

今いる場所は、オリヴィアの自室だ。

落ち着いた色合いで整えられた部屋は、窓からお菓子の家と、その向こう側に王城が見える最高の立地になっている。

普段ならずっと窓の外を眺めて幸せに浸っていたいと、そう思うだろう。しかし今のオリヴィアは、どうにもこうにも落ち着かないのだ。

「わたくし、本当にレヴィと結婚——するのよね⁉」

口に出しただけで、一気に心臓の音が加速したのがわかる。お酒の勢いで告白、もといプロポーズしてしまったけれど、本当に大丈夫だったのだろうかと不安になるのだ。

そんなオリヴィアの考えとは裏腹に、二人のことはどんどん進んでいっている。

レヴィとオリヴィアの母クローディアが主体となり、結婚式の日取りも決まってしまった。なんと半年後だ。

公爵家の令嬢で、新たな伯爵の婚姻の準備期間となれば、半年はかなり短い。腹をくったレヴィがオリヴィアを逃がすつもりがないのだろう。

オリヴィアが部屋で気持ちを落ち着かせていると、ノックの音が響いた。

「――っ！」

――きっとレヴィだわ！

実家の屋敷ではまったく気にならなかったのに、いざ引っ越したらオリヴィアはレヴィのことをめちゃくちゃ意識してしまっているのだ。

ドッドッドッと無遠慮に音を立てる己の心臓に、鎮まれ～！と叫びたい。

何度も何度も深呼吸し、どうやってレヴィを迎え入れる？と、オリヴィアは脳内会議をする。早くしなければ、レヴィは勝手に入ってきてしまうだろう。

「ふ――」

「オリヴィア様？　いらっしゃらないんですか？」

「って、ジュリア!?」

「いるじゃないですか。入りますよ」

入ってきたのは、オリヴィアの侍女のジュリアだった。

どうして自分はレヴィ以外が訪ねてくるという考えに至らなかったのだろうかと、涙目になる。

「どうしました？」

「なんでもないわ。ジュリアこそ、どうしたの」

「夜のお仕度のお手伝いは必要か伺いに来たのですが……」

「！！！？？？」

ジュリアの遠慮ない言葉に、オリヴィアの頭は火山のように噴火した。なんてことを言うのだ、この破廉恥め！　と。

そんなオリヴィアの様子を見たジュリアは、きょとんとしてから笑った。

「まだ婚約ですけど、二人が両想いだったことなんてわたくしはとっくに知っていますからね。一応お伺いしたんですよ」

「そそそ、そうなの……。でも、そんなの必要ないわよ!!」

「まあ、必要ならレヴィがするでしょうしね」

「!!!!!!!!」

オリヴィアは顔だけでなく全身から火を噴きそうなくらい真っ赤っ赤だ。

「何言ってるのよ、ジュリア！」

「ふふっ、オリヴィア様の想いが叶って、とっても嬉しいんですよ」

「ジュリア……」

心から祝福したいのだと微笑むジュリアの言葉に、オリヴィアの瞳が潤む。あんなにからかってきていたのに、今のジュリアは薄っすら涙ぐんでいる。

――わたくし、ジュリアにはたくさん心配をかけていたものね。

主に鼻血で――とは言わないけれど、ジュリアはオリヴィアが幼い頃、それこそレヴィと出会うよりもっと前から侍女として仕えてくれていたのだ。ラピスラズリ王国へ旅行に行くときだって、一緒に来てくれた。聖地巡礼にだって、「またですか」と文句を言いつつもついて来てくれたのだ。

「ううう、ジュリア～！　一緒にいてくれてありがとう！」

そしてアリアーデル公爵家ではなく、ルービアリア伯爵家へもついてきてくれてありがとうと何度も感謝の言葉を口にする。

「オリヴィア様の花嫁姿、楽しみにしていますね」

「……ええ」

ジュリアの心からの祝福の言葉に、オリヴィアはとびきりの笑顔を見せた。

ジュリアとお喋りをして落ち着いたオリヴィアは、ミルクティーを飲みながら窓の外を眺めている。

夜の王城からは明かりがもれて、なんとも幻想的な光景だ。その手前にあるお菓子の家は暗いけれど、そこは想像力で補完した。

「は～～、やっぱりわたくしの屋敷は最高ね！」

レヴィがオリヴィアのために考えてくれた、『オリヴィアのための至高の屋敷』なのだ。

するとコンコンとノックの音が聞こえてきた。

——ははーん、ジュリアね？

さっきのようなひっかけには乗らないのだと、勝手に勘違いしたのはオリヴィアなのだが……笑顔で「どうぞ」と告げる。

「失礼します」

「ええ——って、レヴィ!!」

なんと今度は本物のレヴィだった！　こんなの誰が予測できただろうか。いや、予測できなかったオリヴィア？　すごい顔をしていますが、どうしましたか？」

「オリヴィア？　すごい顔をしていますが、どうしましたか？」

「いえ、なんでもないわ。ホホホ」

どうにか冷静になろうと努めて、オリヴィアはぎこちない笑顔を見せる。

「レヴィこそ、こんな時間にどうしたの？」

オリヴィアが問いかけると、レヴィは目を瞬かせた。そして一瞬思案して、くすりと笑みを深めてこちらへ歩いて来た。

——っ!?

「婚約者へ就寝のご挨拶を……と思ったのですが、はしたなかったでしょうか？」

「〜〜っ！」

まさかのストレートな物言いに、オリヴィアの顔が一瞬で赤くなる。だってまさか、レヴィがそんなことを言うなんて！　と。

——どう返事をするのが正解なの⁉

まったくわからない。

しかしここで動揺してしまったら、間違いなくレヴィの思うつぼだろう。オリヴィアはできるだけ冷静に、「今までも一緒にいたじゃない」と告げた。

「そうですね。私は婚約者になりましたが、オリヴィアの執事を辞めるつもりはありませんから」

婚約者兼執事になるようだ。

「え、そうなの？」

てっきり新しくルービアリア伯爵家の執事を雇うのだとばかり思っていたので、レヴィの言葉にきょとんとする。

「私以外にオリヴィアの世話をさせるのは、嫌です」

「——！　そ、それは……その……嬉しいけど……。伯爵の夫なんて、執事以上に大変な仕事なのよ？」

だから新しく執事が必要だと、オリヴィアは考えていた。

「問題ありません。オリヴィアの憂いは、すべて私が払いますから」

「……っ！」

真剣な瞳のレヴィに、オリヴィアは返す言葉をなくす。レヴィが問題ないと告げたら、本当に問題ないということは知っている。

オリヴィアはゆっくりレヴィの下まで歩いていき、その頬へ手を伸ばす。

「わかったわ。でも、無理だけはしないでちょうだい。レヴィが倒れるようなことになったら、嫌よ？」

「もちろんです」

レヴィはすぐに頷いて、自分の頬にあるオリヴィアの手に触れる。

「あ……」

「私はもう今までの執事ではなく、オリヴィアの婚約者だということもお忘れなく。でなければ、もっと触れたくなってしまいますから――」

そう言ったレヴィの強い視線が、遠慮なくオリヴィアに注がれる。普段はまったく気にならない視線が、今はひどく恥ずかしいと思ってしまう。

――今からこれって、わたくし結婚したらどうなってしまうのかしら！

そう思いつつも、オリヴィアだって別にレヴィに触れられて嫌というわけではないのだ。

恥ずかしいだけで、嬉しくはあるのだ。

「わたくしに触れていいのは、後にも先にも……レヴィだけよ」

「オリヴィア……」

レヴィのローズレッドが驚きで軽く見開かれるが、すぐに嬉しそうに破顔した。

「ええ。誰にも渡しはしません。私だけの、愛しい人……」

「……ん」

レヴィの愛の言葉とともに、優しく口づけされる。

胸のドキドキは止まらないけれど、抱きしめてくれたレヴィの温もりはそれ以上に安心できるものだった。

「グリモ、風のページ！」
〈了解した、姫〉
ルチアローズは木剣を構え、ぐっと大地を蹴る。その瞬間、グリモワールが開いていたページの魔法を使い、ルチアローズを加速させた。
向かっていった先は、木剣を構えたタルモがいる。

タルモはルチアローズの木剣を軽くいなし、打ち返す。その反動で飛ばされたルチアローズは、大きく尻もちをついた。

「いたた……グリモの魔法も使ったのに、やっぱりタルモは強いや」

全然敵いそうにないと、ルチアローズはしょんぼりする。

オリヴィアが女伯爵になってから、三年の月日が流れた。

ルチアローズは八歳となり、本格的に魔法騎士になる鍛錬を始めている。その相手はもっぱらタルモだけれど、時間があるときはアクアスティードやキースが相手をしてくれることもあり、めきめき腕を上げている。

そんなルチアローズの後ろを楽しそうについて回るのは、シュティリオだ。六歳になったシュティリオは、ルチアローズと同じように騎士になりたいらしく、いつも鍛錬している様子を見ている。

逆にシュティルカはあまり剣に興味はないようで、本を読んだり魔法で遊んでいることの方が多い。

グリモワールはすっかりルチアローズの相方ポジションに収まってしまい、いつも一緒にいる。

中身はマリンフォレストの歴史書なのだけれど、今はとくに歴史を確認することもないので、キースも司書も自由にさせているのだ。

ルチアローズとシュティリオとタルモが休憩していると、ティアラローズとアクアスティードとシュティルカがやってきた。

「お母様、お父様！」

「鍛錬お疲れさま、ルチア。今日はどうだった？」

「タルモはすっごく強くて、全然勝てないの！」

いつになったら勝てるんだろうと、ルチアローズは地面に寝転んだ。どうあがいても、タルモに勝てる気がしないのだ。

ティアラローズはそんなルチアローズを見て、くすりと笑う。

「タルモはわたくしの護衛騎士だもの。そう簡単に勝てるわけがないわ」

「その前は私の騎士だったからな。タルモに一撃でも入れるのは、かなり遠そうだな」

タルモは職務に忠実で、ティアラローズもアクアスティードも信頼している。周囲にいるのがアクアスティードやキースなど規格外の人物なので、タルモの腕前はわかりにくいが、マリンフォレストでも上位だ。

「ん、頑張ります！」

ルチアローズの当面の目標は、タルモに一撃を入れることになった。

そのためにグリモワールとの連携を深めたり剣の腕を磨いたりしなきゃ！　と、気合いを入れている。

「騎士になることに反対はしませんけれど、淑女教育もきちんと受けるのよ？　社交界で恥をかくのはルチアですからね」

「……はぁい」

ティアラローズの言葉に、ルチアローズはちょっと嫌そうにしつつも頷く。

ドレスを着るよりも動きやすい騎士服を着ていたいし、マナーの勉強よりも剣の稽古をしているときの方が何倍も楽しいからだ。

「ルチアは恋愛よりも剣……という感じですね。お嫁に行くのはゆっくりかもしれませんね？」

安心しましたか？　というような視線をアクアスティードに向けると、「ティアラ」と拗ねたような声を出されてしまった。

そんなアクアスティードを見て、ティアラローズはくすくす笑う。

「娘は父親に似た男性と結婚したがるといいますし……アクアに似た男性を連れてくるかもしれませんね」

ただ、アクアスティードみたいな人はそうそういない。

ハイスペックすぎる父親を見て育ったルチアローズは、どんな男性を選ぶのだろう……

と、母親として気になるところだ。

「それよりも、今日はお菓子の家へ行くんだろう?」

「……はい。わたくしとアクアの秘密基地に」

子どもたちが成長したこともあり、ティアラローズとアクアスティードは月に数回程度お菓子の家の隠し部屋へ行くようになった。

その時間はとっても甘く、いつまでも新婚気分のようだとティアラローズは思っている。

シュティルカがルチアローズたちの方へ行くのを見て、ティアラローズたちは「でかけてきますね」と子どもたちに手を振る。

「はぁい、いってらっしゃい!」

「いってらっしゃい」

「ええ、いってきます。夕食までには戻(もど)りますね」

そう言って、ティアラローズはアクアスティードにエスコートしてもらいながら鍛錬場を後にした。

エピローグ

お菓子の家の秘密基地

王都の中央にあるお菓子の家には、ティアラローズとアクアスティードの二人だけが入れる秘密基地がある。

　この秘密基地の存在は、誰も知らない。

　ティアラローズはパールからもらった珊瑚茶に甘い花びらを浮かべて、アクアスティードに「どうぞ」と差し出した。

「ありがとう。いい香りだ」

「パール様自慢の珊瑚茶ですからね。日々研究を続けて、より美味しいものを開発しているそうですよ」

「すごいね」

　言われてみれば、以前もらったものと珊瑚の形が違うことにアクアスティードは気付く。

マリンフォレストの海は、まだまだ発展しているようだ。

「そうだ、今度みんなで海に行こうか」

「海にですか？　いいですね。子どもたちに泳ぎを教えてあげたいですね」

三人とも運動神経がいいので、きっとすぐスイスイ泳げるようになるだろう。想像するだけでもとっても楽しい。

「いろいろなところに出かけたいと思っているよ。私が幼い頃は勉強が多くて、両親と遊びに行くこともあまりなかったんだ」

アクアスティードはそう言って、ティアラローズの肩に寄りかかる。甘えるような仕草が可愛くて、ティアラローズも同じように寄り添って二人の頭が触れ合う。

「……わたくしも妃教育が大変でした。子どもだからもっと気楽でもよかったのかもしれませんが、今思えば……こうしてアクアの役に立っているので、悪くはなかったですね」

今では少し感謝している。

とはいえ、ルチアローズ、シュティルカ、シュティリオにはもっと外の世界を知ってほしいと思っている。

「知識も必要ですが、体験することも大事ですからね！」

マリンフォレストだけではなく、ほかの国も見てほしいとティアラローズは力説する。

「それなら、時間を作ってラピスラズリに行くのはどうだい？　ティアラの実家に滞在したら、喜ばれるだろう？」

「両手を上げて喜びます。……というか、喜びすぎてどうなるか見当もつきません。お父様は、ルチアが生まれるときに屋敷をリフォームしてしまったほどで――」

そこまで言って、そういえばアクアスティードも王城の修繕を積極的に行っていたことを思い出してティアラローズは苦笑する。

――お父様もアクアも似た者同士だったわ……。

アクアスティードを見ると、「何かしていないと落ち着かなかったんだ」と苦笑している。とはいえ、その気持ちはとても嬉しかった。

珊瑚茶を飲んで落ち着くと、ティアラローズは「そうでした」と手を叩く。

「実は、キースから花酒をいただいたんです。とてもいいものができたから、アクアと二人でどうぞ……って」

「花酒を……」

ティアラローズが棚からお酒の瓶を取ろうとすると、後ろから「待った」とストップがかかった。振り返ると、ソファに座っていたアクアスティードが真後ろにいた。

「アクア？」

「飲むなら、城へ戻ってからにしよう」

かれた。

「え、どうしてですか？」

ティアラローズがこてりと首を傾げると、アクアスティードにおでこを人差し指でつつ

「酔ったティアラは可愛いうえに積極的だから、駄目」

「――っ!!」

思いがけない駄目の理由に、ティアラローズは一瞬で赤くなる。てっきり、まだ昼間だからとか、仕事が残っているからとか、そんな理由だと思っていたのに。

「飲むなら……そうだね、寝室でならいいよ？」

「あ、アクア！」

「真っ赤だね、ティアラ。今すぐ食べてしまいたいくらい可愛い」

そう言ったアクアスティードに抱きしめられて、そのまま唇を奪われる。先ほど飲んでいた珊瑚茶の甘い香りに、思わずくらりとしてしまう。

「……んっ！」

「ん、ティアラの口の中も、甘いね」

くすりと笑ったアクアスティードは、「やっぱりお酒も飲んでしまおうか？」なんて言

ってくる。ついさっき、駄目だといったばかりなのに。

――というか、積極的なわたくしって!!

お酒を飲んだときのことは、正直に言うと……うろ覚えだった。

アクアスティードにいつも以上に甘えていた自覚はあったけれど、まさか積極的になってしまっていたなんて！

ティアラローズは恥(は)ずかしくなって、「駄目です！」というだけで精いっぱいだった。

それから何度かキスをして、ちょっと甘えて……家族でラピスラズリに行こうという計画を楽しく話しながら秘密基地での時間を過ごした。

あとがき

お久しぶりです、ぷにです。『悪役令嬢は隣国の王太子に溺愛される14』、お手に取っていただきありがとうございます！

少し間が空いてしまいましたが、楽しみにしていただけていたなら嬉しいです。

さてさて、今年の夏も暑い日が続いて大変でしたね。と書きつつ、あとがきを書いている今はまだ暑いので、涼しい季節が恋しいです（笑）。

夏はふわふわかき氷を食べて、なんとか元気に乗り越えました！


今巻は、いろいろと盛りだくさんです。

ティアラローズのお菓子の妖精王の指輪、ルチアローズとグリモワール。そしてずっと書きたかったキースの祝福に、オリヴィアの悪役令嬢生活の行方……。あとやっぱりお菓子（笑）。

こうしてみると、かなり時が経ったのだなと感慨深く思います。

ティアラローズたちの恋愛はもちろんですが、ほかのキャラの恋愛もちょっとずつ成就していっております。

しかし全員分は書けていないので、悔やまれます……。もしかしたら、タルモがエリオットを羨ましく思っているかもしれませんね……！

ゲーム化のお知らせです。

なんと本作がｓｗｉｔｃｈ＆ｓｔｅａｍで乙女ゲームになります！

小説の一～三巻の内容がゲームで楽しめます。

プレイヤーはティアラローズになって、ゲームを進めていきます。基本的にはアクアスティードとの恋愛ストーリーですが、乙女ゲームなので原作とは違う選択肢もあったり……。

なので、ハラハラドキドキな気持ちを味わえるかと思います。

コンプリートすると特典があるので、ぜひぜひコンプを目指して楽しんでいただきたいです。キャラの立ち絵やスキルに加え、フルボイスなので耳も幸せになれますよ。

発売は二〇二四年春頃を予定しております。特設サイトで情報を順次公開していきますので、ぜひチェックしてみてください。

最後に謝辞を。

編集のO様。

小説、コミック、ゲーム、いろいろと同時進行で進めていただきありがとうございます！　今回もたくさん助けていただきました……!!

成瀬（なるせ）あけの先生。

今回もとても華（はな）やかな表紙で、ニコニコしながら眺（なが）めさせていただきました。司書の雰（ふん）囲気（いき）もピッタリです！　個人的に、みんなで鈴（すず）カステラを食べてる挿絵（さしえ）が可愛（かわい）くて一押（いちお）しです！　ありがとうございます。

本書の制作に関わってくださった方、お読みいただいた読者の方、すべての方に感謝を。

また次巻でお会いできますと嬉しいです。

ぷにちゃん

番外編
森の大冒険

リュックの中には、おやつ、地図、コンパス、ハンカチを。肩にはお茶を入れた水筒をかけて。さあ、いざ森の中を探検しよう！

以前、シュティルカとシュティリオが森の書庫でティアラローズに読んでもらった絵本。それにならい、森の妖精と一緒に森へ遊びにやってきた。

メンバーは、シュティルカ、シュティリオ、三人の森の妖精だ。

さすがに森の妖精が一緒とはいえ、三歳児を森の中で自由にさせるのは恐いので……実はアクアスティードとエリオットがこっそり後をつけている。

「森の中って、すごいね！」

「ひろーい」

シュティルカとシュティリオの子どもらしい感想に、森の妖精たちは『そうでしょ～！』と自信満々に答えている。

『案内したい場所がいっぱいあるよ！』

『泉に行く？』

『木の実が美味しいところもあるよ』

ほかにもリスなどの小動物がいるところもあるし、鉱石のある洞窟もある。人間が知らない、妖精だけの秘密の場所にだって案内できるのだ。

次々と提案されて、シュティルカとシュティリオは大混乱だ。

「そんなの、全部に決まってるよ！」

「うん！」

悩むまでもなく全部を選択する二人に、アクアスティードとエリオットは苦笑する。

「さすがはアクアスティード様の息子ですね」

「どういう意味だエリオット」

アクアスティードに睨まれつつも、エリオットはほしいものは全部手に入れたじゃないですかと言う。

「ああでも、最初はティアラローズ様をあきらめようとしていましたし……そう考えるとお二人の方が強欲でしょうか？」

まだ学生だったときのことを思い出して口にしたエリオットに、アクアスティードは

「仕方がないだろう」と告げる。

「さすがに、他国の王太子の婚約者に手を出すなんてできるわけがない」

一歩間違えれば戦争になる可能性だってあるのだから。

「……っと、歩き始めた」

「後を追いましょう」

アクアスティードとエリオットは話を中断して、極力音を立てないように後を追った。

「わああぁ、可愛い！」

木の枝の上にいる小さな薄茶のリスを見て、シュティリオが瞳を輝かせた。こんなに可愛い生き物は、見たことがない。

『リスは、この木の実がとっても大好きなんだよ』

妖精は赤い実をもいで、シュティルカとシュティリオに渡してくれた。小さな木の実で、ちょうど二人の手のひらサイズだ。

すると、リスが木から降りてシュティリオの持つ実のところへやってきた。

「わっ！　すごい、来てくれた!!」

「可愛い！」

森の妖精が一緒にいるので、リスはシュティルカとシュティリオのことも怖がったりしていないようだ。

シュティリオの両手の上にいるリスを、シュティルカがおそるおそる撫でる。ふわりとした毛の感触に、「わぁ……」と感動の声がもれる。

「すごい、柔らかい」

「え、ずるい！　ぼくもリスを撫でたい！」

しかしリスはシュティリオの両手の上にいるので、撫でたくても撫でられないのだ。シュティリオは涙目になって、「どうすればいいの」とシュティルカを見る。

「うーん……ぼくのところに来てくれたらいいんだけど」

ものは試しだと、シュティルカがリスの前に手を出した。すると、載っていた木の実にふんふん鼻を近づけてきた。

『もしかしたら、お腹がすいてるのかもしれないね』

「お腹が？　なら、持ってきたおやつをわけてあげよう」

シュティルカは背負っていたリュックをおろして、中からおやつの入った袋を取り出す。クッキーなどのお菓子のほかに、ウサギの形にしてもらったリンゴも持ってきているのだ。

「これなら食べられるかな？」

シュティルカが木の実をリュックの横に置いて、リンゴを手に取る。

「どうぞ」

『――！』

　すると、リスは小さく声をあげて、シュティルカの手のひらの上へ飛び乗ってきた。小さな手でリンゴを掴んで、モグモグと食べ始めた。

「わああ、可愛い」

　リンゴは美味しかったようで、夢中で食べている。

「可愛い！　けど、ご飯食べてるから撫でられないよ……！」

　邪魔をしてはいけないと思ったらしいシュティリオが、しょんぼりした。

「二人とも、優しいですね」

「ああ。この様子は、ティアラにも見せてあげたかったな」

「そうですね」

　見守っていたアクアスティードは、二人の可愛さにメロメロだ。うさぎのリンゴを持つ様子が、最高に可愛い。

「あ、休憩するみたいですよ」

　シュティルカとシュティリオと妖精たちはその場に座って、みんなでリンゴとクッキーを食べ始めた。同時に、地図も広げている。どうやら次に行く場所を話し合っているみたいだ。

「地図は……読めるんですか？」

エリオットの疑問に、アクアスティードは首を振る。

「さすがに三歳児に地図は無理だ。地図といっても、二人のために分かりやすく位置関係を書いただけのものだけれどね」

コンパスも持たせてはいるけれど、これも冒険の雰囲気を味わうために持たせてあげただけだ。使い方は、もう少し大きくなってから教えるつもりだ。

しかし二人と妖精はとても楽しそうで、「次はここに行こう！」と目的地を決めたらしい。

「おいで、リス！　一緒に行こう！」

『行こう行こう』

シュティリオと妖精が呼んでみると、リスはシュティリオの肩に登ってきてくれた。そのことが嬉しくて、シュティリオはぱっと表情を輝かせる。

自分の肩に乗ったリスを撫でて、とても満足そうだ。

森の妖精の先導で歩いていくと、半径一メートルほどの小さな泉に到着した。水底が見えるほど水が澄んでいて、その深さも三十センチほどしかない。

そこでは海の妖精と空の妖精が楽しそうにお喋りをしている。

『あ、双子だ～！』

『こんにちは～』

空と海の妖精は歓迎してくれるようだ。

「こんにちは」

『森の中で遊んでるんだ～！』

『ここ、いいよねー！』

『さっき採れた木の実をあげる！』

挨拶をして、シュティルカたちはリュックをおろす。十五分ほど歩いたので、子どもの体力では限界だ。

「ふー、疲れた」

『靴を脱いで泉に足を入れたら、気持ちいいよ！』

シュティルカが額の汗をハンカチでぬぐっていると、海の妖精がヒレの部分でぱしゃんと泉の水を飛ばしてきた。顔にかかった水は、確かに冷たくて気持ちがいい。

シュティルカとシュティリオは顔を見合わせて、すぐに靴を脱ぎ始める。リスは泉から少し頭を出している大きめな石の上に座った。

泉の縁に座って足をつけると、水の冷たさに体が震えるが、気持ちがいい。

「は～、気持ちいい！」

「疲れたね～」

「うん、大冒険だね！」

シュティルカとシュティリオは達成感を覚えたようで、とても満足そうな顔だ。森の妖精も、『楽しいね～』ときゃらきゃらしている。

そして気づけば……疲れから、双子は足を水につけたまま眠ってしまった。すやすやととても気持ちよさそうな寝顔に、妖精たちは苦笑しつつも見守っているようだ。

「初めて森に入ってこれだけ歩けば、さすがに疲れるだろう」

アクアスティードは苦笑し、妖精たちの前に姿を見せる。

『あ、アクア！』

『エリオットも！』

森の妖精たちは後をつけられていることに気づいていなかったようで、驚いている。しかし空の妖精は、『子どもに保護者がいるのは当たり前よ！』と当然の顔で頷いた。

「さすがに帰り道を歩く体力は残っていないだろうから、私たちが連れて帰るよ」

『『はーい！』』

妖精たちは頷いて、リュックなどを回収してくれた。それを受け取り、アクアスティードはシュティルカを、エリオットはシュティリオをおんぶする。

こういうことも想定して、二人で様子を窺（うかが）っていたのだ。

「今日は二人にとって大冒険だった。ありがとう、森の妖精たち。また今度、一緒に遊んでやってくれ」

『もちろん！』

『とっても楽しかったよ！』

『またお出かけしたいね！』

『――♪』

森の妖精に続いて、シュティリオに懐（なつ）いていたリスも嬉しそうにしてくれている。どうやら、森のお友達もできたようだ。

アクアスティードは息子たちの成長を嬉しく思いながら、王城へ戻（もど）った。

◆

「大冒険だったのね！　二人とも、すごいわ」

夜、夕食の席。

夕食の直前までたっぷり寝たシュティルカとシュティリオは、テンション高く昼間のことをティアラローズに話してくれた。

「ぼくたち、リスと友達になったんだよ！」

「手のひらくらいの大きさで、すごく可愛いの！」

必死で説明する双子の言葉を「そうなのね」と相槌を打ちつつ楽しく聞く。とても楽しかったようで、「また行くんだ！」と張り切っている。

その話を聞いたルチアローズが、頬を膨らませた。

「わたしも行きたい～！」

ルチアローズの主張に、シュティルカとシュティリオは顔を見合わせた。一緒に行きたいと言うとは思っていなかったようだ。

「おけーこ、いいの？」

「一緒に行ってくれるの？」

「行く‼」

どうやら、ルチアローズは騎士になるための剣の稽古があるので、一緒には来てくれないと思っていたようだ。

ルチアローズの返事を聞いた二人は、嬉しそうに「行こう！」と頷いた。

「あ！　グリモも一緒でいい？」

「「うん！」」

どうやらグリモワールも一緒に行くことが決定したようだ。

ルチアローズはキースの祝福により、グリモワールの主（あるじ）になった。そのためいつも一緒に行動している。

ただ、今のように食事のときなどは、部屋に置いてあることがほとんどだ。互（たが）いは魔力（まりょく）の蔦（つた）で繋（つな）がっているので、どれだけ離（はな）れていても問題はない。ルチアローズが呼べば、グリモワールはすぐに来てくれる。

「じゃあ、作戦立てなきゃ！」

「あとで立てよう！」

「わたしも、わたしもっ！」

すぐさま作戦を立てに行こうとする子どもたちに、ティアラローズは「食べてからにしなさい！」と叱（しか）る。でなければ、すぐにでも席を立ってしまいそうだ。

子どもたちの大冒険は、まだまだ続きそうである。

■ご意見、ご感想をお寄せください。
《ファンレターの宛先》
〒102-8177 東京都千代田区富士見 2-13-3
株式会社KADOKAWA ビーズログ文庫編集部
ぷにちゃん 先生・成瀬あけの 先生

●お問い合わせ
https://www.kadokawa.co.jp/（「お問い合わせ」へお進みください）
※内容によっては、お答えできない場合があります。
※サポートは日本国内のみとさせていただきます。
※Japanese text only

悪役令嬢は隣国の王太子に溺愛される 14

ぷにちゃん

2023年11月15日 初版発行
2023年12月30日 再版発行

発行者　山下直久
発行　株式会社 KADOKAWA
〒102-8177 東京都千代田区富士見 2-13-3
（ナビダイヤル）0570-002-301
デザイン　島田絵里子
印刷所　株式会社KADOKAWA
製本所　株式会社KADOKAWA

ISBN978-4-04-737105-7 C0193

定価はカバーに表示してあります。
◆◇◇